異世界に救世主として喚ばれましたが、アラサーには無理なので、ひっそりブックカフェ始めました。2

和泉杏花

22663
角川ビーンズ文庫

Savior's BOOKCAFE Story in Another world

CONTENTS

Characters 人物紹介

ツキナ（水森月奈）

異世界の国・オセルへ転移させられたアラサーＯＬ。
モットーは堅実・安定、趣味は料理と読書。
ブックカフェを開くのが夢。

イル（ソウェイル）

オセル国の騎士団長。
救世主として王宮にやってきた少女のせいで最近お疲れ気味。
ツキナのブックカフェに客としてやってくる。

ベオーク

オセル国騎士団の副団長。
イルとは幼馴染み。
数々の女性と浮名を流したプレイボーイだったが……？

神様

ツキナを強制的に異世界の国・オセルへ転移させる。
生活に支障がないよう、
ツキナに様々な恩恵を与える（搾り取られたとも言う）。

異世界転移と救世主

異世界は神様が定期的に人間を送り込むことによってバランスを保っている。
送り込まれた人間たちはすさまじい魔力を持ち、救世主として生きることになる。
救世主のみに使える大魔法を覚えれば、世界を意のままにすることも可能。

Savior's BOOKCAFE Story in Another world
異世界に
救世主として
喚ばれましたが、アラサー
には無理なので、ひっそり
ブックカフェ
始めました。

本文イラスト／桜田霊子

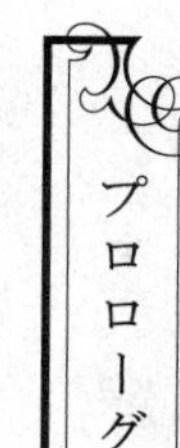

プロローグ

闇に包まれた空間に二人分の声が響いている。

「本当にその願いで良いのか？」

白く発光する手のひら大の太陽のような球体がふわふわと漂いながら、確認するように声を響かせる。

暗闇の中でその球体の明かりに照らされた人影は、その暗闇すら吹き飛ばしそうなほどの明るい声でしっかりと言葉を返した。

「はい！　魔法自体は自分で努力して覚えるので、魔力を強くしてほしいです！」

「……向こうの世界に移動した時点で君は強い魔力を持つ事になるのだぞ？　それも向こうの世界の人間とは比べ物にならないほどの強い力だ。それを更に強化するのか？」

「はい！　強い魔法を覚える事は努力すれば自分でも出来るんでしょう？　それなら最初から基礎部分の魔力の強さを上げてもらった方が、救世主として世界を救いやすくなりそうなので！」

「そ、そうか、ではその願いを叶えよう。向こうの世界を頼んだぞ」

「もちろんです！　救世主の役目、必ず果たしてみせます！」

その言葉を合図にしたように人影の足元に魔法陣のようなものが浮かび、そこから生じた光が人影を包むように広がる。

数秒とかからず魔法陣が光と共に消えた後は、その場には球体しか残されていなかった。

「以前オセルに送った二人とはずいぶん毛色の違うタイプの救世主が来たな」

勢いの良い返事と声から溢れ出るやる気に押されたように少し言葉を詰まらせた球体は、先ほどまで目の前にいた人物が新たな世界へ降り立った事を確認してその場でくるりと回る。

二人分の声が響いていた空間は静寂を取り戻し、球体から発せられる落ち着いた声だけが響く空間へと変わっていた。

「久しぶりに良さそうな救世主候補を送れたな。向こうの世界の人間の願い通りに動いてくれそうな男だったが……ん？　なんだ、あいつもあの国に降りたのか。ならば一応彼女にも会いに行っておいた方が良いかもしれんな。新しい救世主が同じ国に降りたと言ったらどう反応するか……まあ、以前の救世主とはまったく違うタイプだし、特に問題は無さそうだが。さて、どうなるかな」

雪深い国オセル、その国の片隅にある深い森の中にひっそりと佇むブックカフェ。

神と名乗る謎の球体に救世主になってほしいと言われ、生まれた世界から強制的にこの世界に飛ばされた時に私が願った事の一つがこのお店だ。

『水森月奈、君に今まで生きていた世界とは違う世界へ行ってもらいたい』

自らを神と名乗る不思議な球体からそう告げられた日、私の生きる世界はがらりと変わる事になった。

三十歳ももう過ぎて、結婚にも興味がなく親にも先立たれて天涯孤独だった私だが、趣味の読書に没頭出来て、生きていけるだけの稼ぎもある前の世界を手放すのはごめんだとその言葉を即答で拒否したのだけれど……。

結局強制的に飛ばされる事になってしまった私は、違う世界に飛ばす際に何か希望があるならば聞くという神様から、元々の夢だったブックカフェ兼住居やその世界の様々な知識、救世主が使えるという大魔法まで搾り取れるだけ搾り取って世界を移動する事に成功した。

自分が生き残るために思いついた事をすべてその場で願い、行き先を平和な国に、そして救世主の証である刻印を目立たないように髪をかきあげなければ見えない後頭部にしてもらい、生活の保障のために何でも出せるというペンダントを貰い、とどめと言わんばかりに三回神様を呼び出せる権利まで得て。

今まで戦いすらない世界で平和に生きて来た私に、魔物がいて戦いもあるという世界に行けというのだから、もう綺麗事を言っている場合ではなかったからだ。

なぜそんな大量の願いを聞いてまで戦う事を拒否する私を連れて行きたいのか不思議だったが、神様曰く救世主に戦ってほしいと願うのは現地の人間で、神様にとっては救世主という異世界から来た存在がいる事で世界が豊かになりバランスが整う事の方が大切だとの事。

何もしなくていい、ただこの世界にいてくれればいいのだと言われ、私は救世主である事を隠しながら貰ったブックカフェに引きこもる事にしたのだった。

三十年以上を平和な国で生きて来た私は自分の手で直接何かの命を奪う事も、怪我をするとわかっていて戦いに飛び込む勇気もないという事も嫌というほど自覚していた。

若い頃ならば勢いで出来たかもしれない事でも、ある程度年を重ねれば慎重になり、自分に出来る事と出来ない事の境目を把握できてしまう。

この世界にはもうすでに年若い救世主達が複数人送り込まれているらしく、その子達は現地の人間の願い通りの救世主としての活動に対してやる気があるらしいので、そういった役目はそちらにお願いしよう、そう思った。

そうして今までいた世界に少しだけ未練を残しつつも始まった新生活。

生活の心配をせずに一日中読書に没頭出来る日々は快適で、そして魔法という初めて触れるものを使うのも楽しくて、生活に便利な魔法を中心に覚えては使ってみるという日々を送っていたのだが。

そんな一人きりで過ごす充実した日々は、何の前触れもなく開いたお店のドアを合図に終わりを告げる事になった。

今もしっかりと思い出せる、彼が私の店を訪れた日の事。

雪除けのマントを取った男性はおそらく同年代で、少し怖い印象を受けるが整った顔立ちをしており、この国の騎士団の団服を着て剣を装備し、姿勢よく立っていた。

黒い肩口で切り揃えられた癖のない髪、理知的で落ち着いた雰囲気を感じさせる少し青みがかった灰色の切れ長の瞳……そんな彼に一瞬、目を奪われた事が懐かしい。

耳に心地の好い低い声でブックカフェについて聞いてきた彼は、私の店についての説明を聞いて店内を見回し、子どもの様に目を輝かせた。

あの日から始まった彼と私、本の虫二人の交流は店主とお客様から友人へ、そして親友へと関係を変えて、そして……。

早朝、まだ外が薄暗い時間に二階の住居スペースから一階の店に下りて、二人分の朝食を用意する。

お湯が沸くシュンシュンという音がスープが煮立つ音と共に静かな店の中に反響していた。

パンが焼けるにおいとコーヒーの香りが店内に漂い、そのにおいが伝わったのかゆっくりと階段を下りてくる足音が聞こえてきて少し笑ってしまう。

朝食を盛り付ける手を止めて顔を上げれば、穏やかに微笑む彼と目が合った。

「おはよう、イル」

「ああ、おはようツキナ」

この世界に来てからずっと私が住むこの店兼住居。

一階が私の理想を詰め込んだブックカフェ、二階が居住スペースになっているこの家は、私がこの世界に飛ばされた時には何もないがらんどうの家だった。

ペンダントから自分好みの家具を取り出し、便利そうな魔法を見つけては覚えて、様々な機能を追加したものを並べて……そうして過ごしてきた結果、今はお店部分も居住部分も落ち着いたアンティーク風の家具でまとまっている。

もっとも部屋の大半はみっちりと本が詰まった本棚で埋まっているのだけれど。

本好きにとっては楽園のような家、ここに同居人が増えたのは数か月前の事だった。

柔らかく微笑みかけてくる男性はソウェイルという名の私の少し年上の恋人で、私を含め親しい人からはイル、という愛称で呼ばれている。

この国で騎士団長を務める彼は私と同じ様に本の虫で、そんな共通の趣味である読書を通じてどんどん仲良くなり、紆余曲折を経て婚約者という立場に落ち着いた。

お互いにもう三十歳を過ぎてのお付き合いだったので元々結婚前提ではあるのだが、少し前にあった救世主騒動のせいで国は後処理に追われている。

彼の騎士団長という立場上、王族の方々も参加する結婚式になってしまうため、国がある程度落ち着くまで式はお預け状態になっていた。

けれどお互いの指に光る婚約指輪が、明確に私達の関係を示している。

私はカフェの仕事もあるので指輪は朝イルを見送った時点で外して大切にしまっており、イルも内勤の際は着けたままでも討伐に行く際などは外してしまい込んでいるそうだ。

お店を閉め、イルが帰宅したら着けなおす。

お互いに着け合う時は照れてしまうが、自分で着ける時はじわじわと幸福感がこみ上げる。

恋愛に興味なんてなかったはずなのに、こうして恋人と過ごす今を満喫しているのが少し不思議に感じる事もあるけれど、彼と過ごす日々はもう私にとってなくてはならないものだ。

生まれた世界ではない場所で出会った人……本当に良い人に巡り合えたと思う。

それに式を挙げていないというだけで、私と彼の過ごし方はきっと夫婦と変わらない。

テーブルを二人で囲めば、ここ数か月間ずっと繰り返されてきた穏やかな朝食の時間が今日も始まる事になる。

「今日は雪が少し強いな、数日後には晴れる日があるとは聞いたが」

「うん、もし次の休みに天気が良かったら外で本でも読みたいね」

「ああ、それは良い考えだ。君が仕入れてくれた新刊が気になっていた所だしな」

自分を構成する世界の大半を本が占めている似た者同士の私達は、この本に囲まれた小さなお店で幸せな日々を過ごしている。

いつの間にか外も明るくなっており、開け放たれたカーテンの向こうではイルの愛馬、アトラという名の美しい白馬がのんびりと草を食んでいた。

雪深いこの国での主要交通手段である馬なのでかなり大きい子なのだが馬の中でも美人で、なのに仕草はすごく可愛らしい子だ。

イルが此処に住むようになったので、元々お店の外にあったお客様向けの馬の運動場の隅にあの子専用の小屋を増設した。

暖房機能付きの結界に包まれて雪も入らない、この世界の馬にとって快適な空間を保つ小屋をアトラも気に入ってくれているようだ。

ゆっくりと朝食をとり、仕事の為に騎士団へ向かうイルを見送りに店の外へと出る。

吐く息が白い、年間を通して常に降り続く雪にもずいぶん慣れてはきたが、やはり時々は四季が恋しくなってしまう。

「今日は騎士団の方には来ない日だったな」

「うん。今日はお店を開ける予定」

イルと婚約してから私の生活はずいぶんと変わった。

彼しか来なかったお店には時折騎士団の人達が訪れるようになり、更に私は回復薬などの役に立ちそうな物を作って騎士団に格安で販売するようになったからだ。

隠しているとはいえ、救世主として召喚された私の強い魔力で作られたアイテムは高級品に分類されるらしく、さすがにお金を貰わないとおかしいほどの出来栄えになっていた。

変に怪しまれないためにも、ある程度の金銭は頂く事にしている。

特にいざという時に攻撃から身を守ってくれる結界玉は騎士団で重宝されているらしい。

以前イルが緊急の魔物討伐に行く際に咄嗟に作って渡した結界玉は、実は作製には高度な魔法を必要とし、買えば相当値が張る物だったそうだ。

その時イルに渡した結界玉は彼の命を守って砕け散ってしまったので、私は再度水晶を使って結界玉を作り、ブローチに加工してからイルに贈った。

今もそのブローチは彼の胸元に様々な勲章と共に着けられていて、彼の命を守る最後の手段として輝いている。

戦いなんて無縁の世界から来た私には、命の危険が起きた際に装備した人間の命を守るために結界を展開し砕け散る結界玉が実際に砕けてしまった、と聞いた時の衝撃は大きかった。

あの時結界玉を渡していなければ、目の前で笑う私の恋人はこの世にいなかったのだから。

イルの事を特別に想う様になった今、彼が所属する騎士団も私にとっては大切な場所。

救世主としてこの世界に召喚された私の魔力ならば気軽に作れる物でも、この世界で普通に生活しているとなかなか手に入りにくい物ならば、せっかく高い魔力もあるのだし、と国のために危険な任務を行う事も多い騎士団の方々を守るために納めさせてもらっている。

いつかこの魔力の高さで救世主だという事に気付かれないかヒヤヒヤしているが、今の所は問題ないようだ。

息を吐き出して白く染まる空気を見つめて、空を見上げる。

空には前の救世主騒動の際に私が張った大魔法の結界の銀色の魔法陣が、うっすらと透けて揺らめいていた。

どんよりとした雲を見て雪の具合を予測できるくらいには慣れたこの世界。

「午後は吹雪きそうだし、気を付けてね」

「ああ……ツキナ、結婚式が終われば少し休暇がもらえる事になっている。オセルの同盟国に一年を通してずっと暖かい国があるから、そこに旅行に行こう」

「え」

「君の元々いた世界はオセルとは違ってずっと雪が降り続いているわけでは無いのだろう？久しぶりに暖かい国へ行ってみるのも良いだろうし、あの国は常に美しい花が咲き乱れていて新婚旅行に人気の場所でもあるから、君もきっと気に入ると思う」

「新婚、旅行……うん、嬉しい。楽しみにしてるね」

「ああ、じゃあ行って来る」

「いってらっしゃい」

私の額に唇を押し当ててから馬へと飛び乗ったイルが城の方へ向かって消えていく。

彼の姿が見えなくなってからそっと額に触れてため息を吐いた。

オセルでの暮らしや同棲生活には慣れてきたが、ストレートな愛情表現にはまだ慣れない。

この世界の人々は恋人に対しての愛情をまっすぐに示す人が多いようで、私と同じ様に恋愛事は面倒だと避けていたイルですら、恋人同士になったと同時にこうして当然の様に触れて来るようになった。

もちろん好きな人からのスキンシップは私にとって嬉しいものではあるのだけれど。

新婚旅行という単語に照れていた所に追加で攻撃を食らった気分だった。

「……恋愛すらする気がなかったのに」

元の世界では普通に一人での生活を楽しんでいたので、恋をする気など無かった。

一人での日々が充実していたので、その意味を見いだせていなかったともいう。

それが今は強制的に連れて来られた異世界で出会った人と結婚間近。

救世主である事を誰にも知られないように生きていた日々は、イルへ恋をした事で彼にのみ知られてしまい終わりを告げたけれど、今はこの日々を愛しく思っている。

イルの背も見えなくなり、しんしんと降り積もる雪の冷たさに耐えられなくなってきたので暖炉にでも当たろうと思い、店の中へと戻る事にした。

ドアを潜ってホッと息を吐き出した所に声が飛んで来る。

「やあ、久しぶりだな」

一人だと思っていた店内でいきなり声を掛けられてパッと顔を上げる。

視線を向けた先、カウンター席にいつの間にか一人の男性が座っていた。

色素の薄い長い髪を緩く編んで一つにまとめた整った顔立ちの男性。

いたずらっ子のような笑みを浮かべる彼には見覚えがある。

「……神様」

「ああ、この間の救世主騒動はすまなかったな。おかげで助かった」

私をこの世界に送った神様は初めて出会った時は発光する球体だったのだが、私以外の救世主に関する警告をしにきた際、この世界の人間に似せてみたと言ってこの姿で店に来た。

この神様は私が元々いた世界から、ランダムで選んだ人間を救世主としてこの世界へと送っているらしい。

救世主がいる事で世界のバランスが整うらしいが、最初にこの世界に行ってくれと言われた時は迷惑以外の何物でもなかった。

「あの救世主の子はどうなったの？」

「もうこの世界にあの子が来る事は無い。私に言えるのはそれだけだ」

「……そう」

それに関してこれ以上言う事は無いと神様の笑顔が言っている気がして、その話題を切り上

げる。

カウンター内に戻って神様にコーヒーと数枚のクッキーを差し出した。

以前来た時と同じ様にコーヒーに口をつける神様の顔を見ながら、少し前に起きた救世主騒動を思い出す。

お店に引きこもり現地の人間との交流が無かった私はイルとの出会いを経て、初めてオセルにもう一人の救世主である女の子が来ていた事を知った。

そしてその子に問題がある事も、イルが疲弊していた原因が彼女であった事も……。

その子はとても美しい女の子で、救世主であるという事やこの国の第二王子に気に入られた事もありお城で魔法の勉強を拒否しながらも我が儘三昧だったようだ。

最終的に自分の思い通りにならなくなった周囲に腹を立てた彼女の魔力が暴走してこの国を滅ぼしそうになったため、私は神様に貰っていた大魔法を発動させてオセルの周りに防御結界を張り彼女の攻撃を無効化した。

大魔法は救世主しか使えない魔法、それを使った事でイルには私の正体が知られてしまったが、彼はその事をいまだに誰にも話さず秘密にしておいてくれている。

最終的に城にいた救世主は目の前にいる神様が回収していったが、その時の騒動の後始末に加えて他国とも多少トラブルがあったらしく、オセルは今バタバタしていた。

「そうそう、言い忘れていたな。婚約おめでとう。君がこの世界で生きていく理由が出来て私も助かるよ」

「……ありがとう」

意味深に笑った神様が嬉しそうに続ける。

「それにしても救世主なんて無理だと言った君がしっかり救世主の仕事をしてくれているとはな。大魔法のおかげでオセルはしばらく平和が約束されたようなものだ。町も結界が出来た事で魔物が入らなくなったから他国の行商人が押し寄せて大盛況じゃないか」

「救世主の子の攻撃で壊れた所を直したり後始末の書類だったりでみんな大忙しだけどね」

「それで君の結婚式は遅れているという訳か。私も楽しみにしているんだがなあ」

「え、来る気なの？」

「もちろんだ。君の式は私も遠くから見守らせてもらうぞ。今この世界にいる救世主でこの世界の人間と結婚するのは君が初めてだからな」

笑うこの神様の真意は読めないが、面白がられている事だけは間違いない。

イルと出会えた事は幸せだと思っているし、私が願った通り大魔法を使った事、つまり救世主であるという事を公開していないけれど、この神様の思い通りにいっているのかと思うと釈然としない。

「他の救世主の人達はこの国に大魔法の結界が張られた事は知っているの？」

「ああ、皆知っている。すごいと感動している者や、自分も負けていられないと張り切って勉強している者もいるな。皆自分のいる国のために更に勉強に力を入れるつもりらしい」

「……ずいぶんまっすぐなタイプの救世主が多いんだね。あれ？　もしかしてオセルに前にいた救世主の女の子って結構特殊なタイプだったりする？」

「今この世界にいる救世主の中ではそうだな。まさか自分の感情のままに世界を壊そうとするとは私も想定外だった」

　やれやれとオーバーに見えるくらいに肩をすくめて見せる神様に少しイラッとしながらも、せっかくだしと会話を続ける。

「本当に性格は加味されないんだ。まあ性格が判断材料ならやる気のない私も選ばれなかったとは思うけど」

「以前も説明したと思うが、救世主に選ばれるかどうかは完全にランダムだ。私にとっては救世主という存在がこの世界にいるだけで十分だし、だからこそ救世主の人格はあまり気にしていない。それもあってこの間のような事になったのだがな」

　そう言いながらクッキーを一枚かじった神様が、おお、と目を輝かせる。

　どうやらお気に召したようだ。

「人の食べ物というのは面白いな。君が私を呼んだ時も食べさせてくれると嬉しいんだが」

「三回の呼び出しの事？」

「ああ、君は一回も使っていないだろう」

「使う前にあなたが来たからね。そもそもあれは私にとっては最終手段というか、保険に保険を上書きしたようなものだし。三回もある、じゃなくて三回しかないって思ってる。今のところ悩みがあっても自分で解決出来てるし、私の使える魔法ではどうにもならない事でもイルも騎士団の人達も協力してくれるから、もし使うとすれば何もかもどうしようもなくなった時になると思うけど」

「まあそれはそうか。私だってたまたま用事があった時くらいしかこの世界には来ないからな。他の救世主相手でも会いに行った時に質問に答えたりもするがそう頻繁ではない。好きなタイミングで私を呼びだし願いを叶えてもらう権利を持っているのは君だけだし、何かどうしようもない事が起きた時の為に取っておくというのは良い判断だ」

「でも私の結婚式には来るんだね」

「面白そうだからな」

「結婚祝いは弾んでね」

「……神に祝い品を要求するのは君くらいだぞ。この世界に送る時に願い事が多すぎるなんて理由で私を疲れさせたのもな」

冗談交じりで言った私の言葉に呆れと疲れを滲ませて答えた神様が、最後のクッキーを口に放り込んでからコーヒーを飲み干し、静かに立ち上がった。

どうやら戻るらしい神様を見送るためにカウンターから出たところで、彼は私に爆弾のような言葉を落とした。

「そうそう、この国に新しい救世主を一人送ったぞ」

神様が店を去った後、吹雪の影響もあってお客様が来なかったお店を閉める。

新しい救世主の事が気になってあまり読書に集中出来ない一日だったが、おそらくイルが何かしらの情報は持って帰って来てくれるだろう。

吹雪でイルも体が冷えているだろうし今日は体が温まるような食事にしようと決めて、彼が帰る時間を逆算して夕食を作り始める。

作りながらも頭をよぎるのは先ほど神様と交わした会話だ。

『え、またこの国なの？』

『基本的に君の様に指定しない限り行き先はランダムだ。強いて言うならこの国と海を挟んで存在している大国に送られることはないがな』

『救世主が初めに絶対に行かないようになってる国があるって事？』

『ああ、あの国は世界征服をしたいという野望が強すぎてな。あそこに救世主を送ると世界中を巻き込んだ戦争になりかねん。世界のバランスが整うどころか破壊しつくされてしまう可能性があるからな』

『うわあ……』

『だからこそ、その国は救世主を欲している。この国に張られた大魔法の結界の存在は知られているから君も気を付けると良い。もっとも今回この国に送った新たな救世主は世界を救うという使命に燃えていたから、案外その件に関しても解決してくれるかもしれんが』

『え、そんなにやる気のある人が来てくれたの？』

『妙に嬉しそうだな……まあいい。新たな救世主は男だ。以前の救世主とは相当違うし、魔法の勉強を強制されたからと言って国を滅ぼそうとはしないさ』

『それなら良いけど……』

『ではな、私は他の国の救世主達の様子を見に行ってくる。まあ君は自分の願う通りに生きると良い。それを邪魔する権利など誰にもないのだからな』

「……神様はああ言っていたけど、どんな人なんだろう？」

そう呟いたのとほぼ同時に扉が開く音が響き、フードの上に雪を積もらせたイルが家の中へ一歩足を踏み入れてくる。

「おかえりなさい」

「ああ、ただいま」

外に向かってマントから雪を払い落とした彼が食事を用意している私を見て笑った。

騎士団という緊張を伴う仕事で張りつめていた彼の表情がこの家に帰ってきた瞬間に緩められるのがとても嬉しくて、何度見ても好きだなと思う。

きっちりと着込まれた騎士団の団服を脱いで、シャツのボタンを上から二つほど外す彼。

少し崩した服装はこの家の中でしか見られないものだ。

こういう風にリラックスしたイルを見るたびに、私が引きこもるために貰ったこの家はいつの間にかちゃんと彼の家にもなっているのだなと実感できる。

「何度経験しても君がおかえりと迎えてくれるのは嬉しいな」

「私もイルがただいまって言ってくれるのは嬉しいよ」

こうしてちょっとした事で笑い合う瞬間は日常の中のほんの些細な事だけれど、毎回じんわりとした幸せを感じる事が出来る瞬間でもあった。

イルが荷物を置きに行っている間に料理をテーブルに並べ、戻ってきた彼と食卓を囲む。

夕食の時間はその日あった事の報告会の様になっているのだけれど、彼が切り出した話題はやはり救世主の事だった。

「今日、城に新たな救世主が来た」

「……どんな人だった？」

「三十代半ばくらいの明るい青年だったな。前の救世主の件があるから皆少し警戒していたが、本人が魔法の勉強にやる気を見せていてな、ひとまず城の人間を教師役に付けて様子を見る事になったんだ」

「そっか、イルから見てどんな感じの人だったの？」

「あのやる気は本物の様だった。君が張った結界があるから国も今は平和だが、救世主が増えるのは良い事だと思う。悪い人間では無い様だったしな。ただ……」

「ただ？」

「いや、考え過ぎだとは思うがあのやる気が空回りしないと良いのだが、と思ってな。まあ今は何とも言えない。性格は良い様だった、というよりも好青年という言葉しか当てはまらないような青年だったから、以前の様な事にはまずならないはずだ」

「……良かった」

長年騎士団長をやって来たイルの目線から見て問題が無さそうならきっと大丈夫だろう。もうあんな騒動はごめんだ。

食事を終え、イルとソファに並んで腰掛けてゆっくりと読書を楽しむ。

会話の無い空間も彼の隣ならば心地好い。

時折きりの良い所で顔を上げて、お互いに読んだ本の考察や感想を話したりしながらのんびりと過ごす時間。

お店に彼が来ていた頃と違うのは、ぴったりとくっついて座っている事だろうか。

雪が降る夜はパチパチと暖炉の中で薪がはじける音がいつもよりも大きく聞こえる。

くっついている部分が温かくて、幸せだなあ、と今日何度目かの幸福感にそっと笑った。

出来るなら、ずっとこうしてイルと穏やかに笑い合う日々が続いてほしい。

第一章　新たな救世主

新しい救世主の男性がオセルに来たと聞いてから数日。

彼は来て数日にもかかわらず城での評判が本当に良いらしい。

少しでも困っている人を見るとすぐに手助けを申し出る彼は、思わずこちらがつられてしまうほど明るい笑みを浮かべているそうだ。

お店に来てくれるようになった騎士団の方々が揃って同じ様にそう口にするのだから、この評判に間違いは無いのだろう。

ザクリ、と音を立てて完成したホットサンドに包丁を入れる。

パンの間からどろりと溶け出して来たチーズのにおいが周囲に広がり、それが零れてしまう前に急いでお皿に盛り付けた。

顔の横でふよふよと浮かぶお盆に、完成したホットサンドと紅茶のセットを二組載せる。

先に完成させたアフタヌーンティー用の三段のケーキスタンドは両手でしっかりと持った。

一番上の段に載ったケーキの一つ、イチゴやミカンなどの果物をふんだんに使ったフルーツタルトは数日前に完成した新作だ。

オセルは年間通して雪国なだけあって、元の世界で冬に採れる果物がとても美味しい。

生クリームが見えなくなるほどのフルーツは上に塗ったシロップでつやつやと輝き、とても美味しそうで……夜にイルと一緒に食べようかな、なんて考えながら窓辺の席に座るお客様のもとへと運ぶ。

「お待たせしました。ホットサンドのセットと、アフタヌーンティーになります」

「ああ、ありがとう」

「おおこれこれ。今日の日替わりのケーキも美味しそうじゃ」

「お前、毎回これを頼むが、もう少し食事らしいものも食べた方が……」

「サンドイッチがあるじゃろうが」

「一番下の段だけじゃろうが……見ているだけで胸焼けがしてきたわい」

騎士団の団服に身を包んだ、素敵なおじさまの二人組。

イルほどではないが本が好きという彼らは、私がイルの婚約者になった事でこのお店を知ってから結構な頻度でお店を訪れるようになった常連さん達だ。

厳しい顔付きと吊り目で怒らせたら相当怖いであろう、騎士団で参謀役と魔法の指南役を務めているアンスルさん。

常に優しく細められているように見える瞳と穏やかな雰囲気を持つ、武術の指南役を務めているティーツさん。

騎士団の中でも相当重要な役職に就く方々だが、お店に来る頻度は彼らが一番多い。

目じりに刻まれた細かい皺、白髪交じりの頭髪、話題も豊富で話しているとつい会話に引き込まれてしまう。

イルが騎士団に入るずっと前から、長年騎士団を支えてきた方々だ。

風格がある彼らと話していると、何となく背筋が伸びてしまう。

これはイルも、そしてベオークさんや他の騎士団の方々も同じようだ。

お二方ともとても渋くて素敵な方なので若い頃も相当素敵な方だったのだろう。

写真でも良いから見てみたかった……この世界にカメラが無いのが悔やまれる。

そして彼ら以外にも騎士団の人達が時折訪れるようになった私のブックカフェ。

基本的に本が好きで落ち着いている人が多いので、私も楽しく接客させていただいている。

私の横に浮かぶお盆は、お客様が増えた事で一度に運ぶ量も増えたので、一人でも効率よく運ぶ為に覚えた新しい魔法だ。

お客様がイルだけだった頃のまったりとした日々はもちろん楽しかったけれど、こうして本好きな彼らが来るようになった日々もとても楽しい。

「胸焼けするくらいならその砂糖は使わんじゃろ。よこせ」

「お前が山の様に消費するからとツキナさんがテーブルに大量に置いてくれているだろうが。わしの分まで取ろうとするんじゃない」

「あはは……」

厳格そうな顔立ちのアンスルさんの口にひょいひょいと放り込まれていくケーキ、そしてそれを少し引きつった表情で見つめながらブラックコーヒーを口に含む優しい顔立ちのティーツさん。

逆ではないだろうか、初めて見た時はそう思ったが、今はこの光景も見慣れたものだ。

ナイスミドルが二人、軽口を叩き合う様子はとても親しげで。

甘いものが大好きなアンスルさんは、エスプレッソやブラックコーヒーを好まれるティーツさんの砂糖やシロップを持って行ってしまう事が多い。

最近では私もアンスルさんが来ると大量に砂糖などをお出しするのだが、あればあるだけ使ってしまうから甘やかさなくて良いとティーツさんに言われてしまったくらいだ。

この方達が来るとイルの若い頃のエピソードが聞けるので、私はとても楽しみにしている。

イルは絶対に話してくれないような、今の彼からは考えられないような話の数々。

出会う前のイルの事を知られてとても嬉しいし、イルの事以外の話題でも彼らの話は興味深い事が多く、話した後は長編の本を一冊読み切った後のような、心地のいい読後感と似た感覚を味わう事が出来る。

……この世界に来たばかりの頃に比べて、私の世界はずいぶん広がったように思う。

その代わりと言わんばかりに薄まっていく、私が生まれた世界の記憶。

どこか寂しいような複雑な気持ちではあるが、この世界でイルと一緒に生きていくと決めた事もあってそれを嫌だとは思わなかった。

「そういえば、ツキナさんはまだ新しい救世主様には会っていないのだったか」

「はい、明日は騎士団にアイテムの配達に行く予定ですので、もしかしたら会えるかもしれませんが」

「明日？　それならば会う可能性が高いな。明日、彼は騎士団の本部を見学したいと言っていたし、時間帯によっては見て回っているかもしれん」

「あ、そうなんですね。イルはもう会ったと言っていましたけど、本部にはまだいらっしゃっていないのですか？」

「彼につける教師役も探さねばならなかったし、生活基盤も整えていたからのう。団員とは個別に会っているようだが、本部へ来るのは初めてだ」

「あれは鍛えがいがあるぞ。やる気に満ち溢れているし、勉強も苦ではないようじゃからな」

どうやら新しい救世主の男性は、本当に以前の女の子とは違うタイプらしい。

会うのが楽しみなような、少し怖いような……複雑な気分だ。

「それにしても、結界を張ってくれた救世主様はどこにいるんじゃろうな」

「そうじゃな、出来れば正式に国へ迎え入れたい所だが。なぜ名乗り出てくれんのか……」

二人の会話にドキッとしながらも、ごゆっくりどうぞと告げてテーブルを離れる。

騎士団の人達には察しが良い人も多いから、いつかボロを出しそうで怖い。

救世主として祭り上げられるのは勘弁してほしいので、出来ればこのままイル以外の人間には知られずにいたいのだが。

お城に来た救世主さんとは考え方がずいぶん違うな、と苦笑しつつカウンター内に戻った。

次の日の朝、いつも通りイルを見送ってから予定通りに騎士団にアイテムを納めに行く事にして支度を済ませ、軽く身だしなみを整える。

アイテムの入った箱を抱え、まずは町まで移動魔法を使う事にした。

移動魔法に必要な媒介の石を握り締めれば、一瞬後に見慣れた町並みが広がる。

石が無いと使えないとはいえ、一瞬で目的の場所に行けるのは本当に便利だと思う。

様々な魔法で防御されているお城では移動魔法は使えないので、一度町に行ってからお城まで徒歩で行くようではあるのだけれど。

ざわざわと賑やかな町を見回しながらゆっくりと城門を目指して歩き始める。

吐き出した息が白くなるほどの寒さはいつもの事だけれど、その寒さを吹き飛ばすほどの活気が道を挟むように出ている行商の店から発せられていた。

「いらっしゃい！　暖かい地方でしか取れない食材はどうだい？」

「珍しい布地が手に入ったんだ！　安くしとくぜ！」

「いやあ、魔物の襲撃を気にせずに商売出来るのはありがたいねえ」

「結界のおかげだな。物も人も集まってるから買うにしろ売るにしろやりやすくて助かるぜ」

呼び込みの声と共に、聞こえてくる町の人達の会話。

どの会話も最終的に結界を張った救世主の話題になるのをむず痒い気持ちで聞き流しつつ歩を進める。

買い物をしている彼らの話題は救世主の事で持ちきりのようだった。

「お城に新しい救世主様が来たんだ。この国もこれでもっと平和になるな」

「ええっ、結界を張って下さった救世主様とは違う方なの？　前にお城にいた方でも無く？」

「ああ、そのどちらでも無いらしい」

「また妙な問題が起こらなければいいわね」

「城からの知らせだと問題は無いらしいが」

「それなら良いけど……新しい救世主様も気になるけど、この結界を張って下さった救世主様はどこにいらっしゃるのかしら？」

「そうだな、どうして名乗り出て下さらないのだろう？」

「この国の人たちも結界を張った救世主様の事は知らないのか」

「そうなんだ、この国にいる事は間違いないと思うんだが」

オセルの人に交ざって、他国から来たらしい人も救世主について話している。

やはり他の国でも救世主の事は気にされているらしい。

町には様々な人が溢れており、異国風の服装の人達も多かった。

雪除けのフードやマントを被っている人も多く、ちょうど私の隣をすり抜けていった人も目深にフードをかぶっている。

暖かい地方から来た人にとって雪国であるオセルは寒すぎるらしく、フードの前を押さえていたり、今の人の様に頭から体まですっぽりとマントで覆っていたりする人が多い。

マントのせいで顔も見えないし性別もわからない人が大量に歩き回っているためか、町中を歩いている騎士団の人数もいつもより少し多く感じる。

他国からの訪問者が増えてきたので見回りを強化しているのだろう。

そんな人混みを抜けて、美しいオセルの城の前までたどり着く。

来る途中で見かけた本を帰りに寄るからと取り置きしてもらったので、用事を済ませたら取りに行かなくては。

最近私も仕事を始めたし、イルが騎士団長という役職を持っている事もあり、金銭面は潤っている。

その為、様々な物を出せるペンダントを使う頻度はイルと恋人になる前よりもずっと少なくなっていた。

買える物は買ってオセルの経済を回しつつ、どうしても手に入らない本や珍しい食材などはペンダントで出すようにしている。

それもきっと、私がこの世界に馴染んできた証の一つなのだろう。

「こんにちは」

「ああ、こんにちはツキナさん。行き先は騎士団本部でよろしいですか？」

「はい」

すっかり顔見知りになった城門にいる兵士さんと挨拶を交わして、城内へ足を踏み入れる。

近くで見ると本当に大きいお城、イルも今日は書類仕事が中心だと言っていたのでこの城のどこかにいるはずだ。

基本的にイルは見回りに出ていたり城の中で仕事をしたりしているので、私がお城に来たとしても、敷地内の別の場所にある騎士団の本部にしか行かないので会う事はほとんど無い。

騎士団長という事で城の兵士さん達や王族の方々ともやり取りをする必要があるイルは、仕事部屋を騎士団本部ではなくお城の方に持っている。

以前のイルはその部屋に住んでいたのだが、今は私と一緒に暮らすようになった為、そこは仕事専用の部屋となっていた。

私の目的地である騎士団の本部は城門を潜ってしばらく歩き、敷地内にある木々に囲まれた小さな森のような場所を抜けた先にある。

森の中は一本道で、整った石畳で出来た道をまっすぐに歩いて行くと着くのだが、静かな雰囲気が気に入っているのでここを歩くのは少し楽しみだった。アイテムの管理担当の騎士団の人やお店に来てくれる人とは仲良くさせてもらっている。

雪が積もる木々に囲まれた少し広い道を歩いて、騎士団の本部へと向かう。

この国の道路には魔法が使われているため雪は積もっていないが、それでも人が入らない部分には私の腰程度の高さの雪が積もっている。

大雪の際は私の頭上を超えるほど積もっていたりするので雪国育ちでない私には新鮮だったが、それも少しだけ見慣れてきた。

今では雪がない風景に違和感を覚えるようになったくらいだ。

……この世界にはテレビも車も無い、スマホは似た物があるけれど魔法で通信出来るだけの物で通話以外の機能など無く、基本的にオセルではあまり普及しておらず騎士団で使われているのがメインのようだ。

緊急時に家族に貸し出されたりはしているようだが、私が生まれた世界の普及状況とはまったく異なっていた。

その他にも時折私の口をついて出てくる言葉で前の世界にしかないものは多く、会話中にイルが首をかしげる事も多々あったけれど……

最近はそれも減って、私は順調にこの世界に馴染んで来ている。

生まれた世界が過去になっていくのを少し寂しくは思うけれど、この世界で大好きな人と結ばれて、新しく仕事も始めて、たくさんの人と知り合って縁を結んで……この世界に来た時にここで地に足をつけて生きていかなければと思った事がしっかりと実現出来ているのは、きっと良い事なのだろう。

夢だったブックカフェも私の理想通りのお店として開く事が出来ているし、何よりもイルと共に生きるこの世界を嫌いだなんて今はもう絶対に思えない。

彼と共にまだ読んだ事のない本を読んだり探したりする日々はとても充実していた。

オセルに初めて飛ばされた時は諦め半分でこの世界で生きていくと決めたけれど、今は自分の意志でこの世界で生きると決めている。

雪の中に花が咲いているのを見つけて温かい気分になりながら、時折すれ違うお城で働く方々と軽く挨拶を交わしてたどり着いた目的の建物の前。

シンプルながら重厚感のある茶色いレンガ造りの大きな建物が、白い雪の中にそびえ立っていた。

騎士団本部は城の敷地内にありながら柵に囲まれており、中には詰め所や団員の私室、稽古場や馬用の運動場などがあるらしい。

私はアイテムを渡すだけなので入っても受付の小屋の中くらいで建物の中にまでは入らないが、奥は相当広いようだった。

この国の騎士団は他国でも評判になるほど質がいいので、施設面も充実しているのだろう。

そのトップであるイルが自分の恋人だというのが、なんだか不思議な感じだ。

国旗と共に騎士団の旗が揺れる門を潜れば、騎士団の方が笑顔で迎えてくれる。

「こんにちは、結界玉と回復薬持ってきました」

「こんにちは、いつもありがとうございます！」

もうすっかり顔なじみになった騎士団の一人にアイテムを詰めた箱を手渡す。

門を潜った先にある広場では数名の団員が様々な作業をしていたが、私に気が付くとみんな笑顔で挨拶をしてくれた。

ここに来るとイルがすごく慕われているのがわかるので毎回嬉しくなる。

「中身の方、確認させていただきますね」

「はい、よろしくお願いします」

「おい、数の確認を頼む」

「は、はい」

声を掛けられた若い団員が恐る恐るといった様子で結界玉の入った箱を受け取り、両手両足が同時に出るくらいに緊張した状態でそろりそろりとテーブルの方へ向かっていく。

箱を持つ手がカタカタと震えており、もう逆に落としてしまいそうな勢いだ。

「お、おい、そんな震えるほど慎重にならなくても良いんだぞ？」

「いえ、これ、この中身、城が買えるくらいの価値がありますし！」

「だよなー、俺も数える担当になった時ずっと緊張しっぱなしだったわ」

「俺も」

「僕もです」

今までアイテムの確認担当だった団員達が次々と同意の声を上げ、受け付けてくれた人も気持ちはわかるが、と苦笑いを浮かべる。

「箱に破損防止の魔法をかけられればいいんですけど。結界玉に干渉してしまうみたいで」

「高度魔法に良くある欠点ですね。効果の有効性を考えるとその辺りは仕方がないのですが」

強い魔法が使えるからといってすべてがうまくいくわけではない。

色々と制約が付いて来る事も多く、最近は魔法も万能ではないのだと思い知らされる事も多かった。

それでも魔法が便利な事には変わりないけれど。

雑談している内にようやくテーブルに結界玉の入った箱を置く事に成功した団員が、他の団員と共に中身を数えながら不良品が無いかチェックを始める。

団員が増えたり私の魔法のレベルが上がって効果が上がったりする度に納品しているので、結界玉の注文はしばらく続くだろう。

効果が上がった時は無償で交換するとイルに言った事もあるのだけれど、結界玉の価値を考えると今の値段でも破格らしく、無償だと逆に問題になってしまう可能性があるとの事。

……こうして騎士団にアイテムを売るようになって、私はこの世界の現実に直面する事になった。

回復薬が一気に消費されたり結界玉が数個同時に割れたと聞くたびに、命の危機の多さに驚いて、そして怖くなる。

今、目の前で笑顔で会話している相手も、慎重な手つきで結界玉を数えている団員達も、日々命がけの任務に当たっているのだと思い知らされるからだ。

以前イルにも結界玉のおかげで助かったと言われた時があったが、同じ言葉を騎士団の人達からも言われる事も増えた。

結界玉の発動条件は、持ち主が致命傷になりえる傷を負った事。

後一撃くらえば死んでしまう状況になって初めて、結界玉は持ち主の命を守る結界を展開して砕け散る。

結界玉のおかげで助かったという事は、一度は死にかけたという事だ。

もしかしたら目の前の団員の命が無くなってしまっていたのかもしれないと考えるたび、私は本当に怖くなる。

私が騎士団に気軽に出入りできているのも、彼らが私に良い感情を抱いてくれているのも、イルの婚約者という立場もあるが、大きな理由はこの結界玉や回復薬だ。

　国内では私以外に結界玉を作れる人間がおらず、おまけに普通ならばその値段では絶対に手に入らないような金額で私はアイテムを騎士団に卸している。

　以前の救世主騒動で死者が出なかったのはこの結界玉の存在があった事も、大きな理由の一つだろう。

　有用なアイテムを売りに行き、そしてブックカフェにお客様として騎士団の人が来て、そうして結んだ縁が私に今のような騎士団の人達との友好的な協力関係を与えてくれた。

　大切な場所が増えていくことは嬉しい。

　けれど騎士団の人達と関わり、顔見知りの人達が増えるたびに私は現実に直面し、そしてやはり私には命がけで戦う事は無理だとも思ってしまう。

　もしも国に何かあった時に戦いに駆り出されるかもしれないと考えると、救世主である事を公表する事は絶対に出来なかった。

　アイテムの確認が終わるのを待っていると、門の向こうの方から明るい声が聞こえてくる。

「ここが騎士団なんですね。すごい、かっこいいです！」

　振り向けば騎士団のメンバー数人に囲まれて、見た事のない青年が歩いて来ていた。

　私の隣にいた団員の方が新しい救世主様です、と静かな声で教えてくれる。

「あの人が、新しい救世主……」

　首から鎖骨にかけて広がる救世主の証の刻印。

明るい茶色の短髪、同じ色の瞳は少したれ目がちで、男の人にこういうのもどうかとは思うが、可愛らしい雰囲気の男性。

世間一般でいう弟、ってこんな感じなのだろうか。

「あ……」

その顔立ちやちょっとした仕草からは私が生まれた国、日本の特徴が窺える。

救世主は私の生まれた世界から召喚される事は知っていたが、それこそ国も年齢も時代もバラバラだろう……そう思っていたのだが、彼はどう見ても私と同じ日本出身の人だ。

それに気が付いて驚くと同時に、ほんの少しだけ湧く親近感。

同じ国出身の人に会うのは久しぶりだった。

生まれ故郷を同じくするであろう彼は、笑顔で周囲の人たちと会話をしている。

……気を付けなければ、今まで以上に。

私が彼のちょっとした仕草からあの国のことを感じ取ったように、彼も私からそれを感じ取ってしまうだろう。

私が救世主である事は、同じ立場だからこそ知られるわけにはいかない。

彼はおそらくあの世界で成人は迎えているだろうが、それでも私よりもずっと年下だろう。

顔立ちはとても整っていて、なんというか学生時代は学校で一番人気でした、と言われても納得してしまいそうだ。

学校や会社にいたら王子様扱いされていそうなタイプだが、女性だけではなく男性にも可愛がられていそうな気がする。

バレンタインにはチョコレートが抱えるレベルで集まりそうだ。

爽やかに笑う彼の顔はにっこりという効果音がピッタリなほど後ろ暗い所が無く、騎士団の人から聞いた〝つられてしまうほどの明るい笑顔〟という言葉に心底納得してしまった。

入って来た彼の瞳が私の方を向き、さらに深まった笑顔のままぺこりと頭を下げられる。

つられたように笑顔になって、私も頭を下げた。

「こんにちは！」

「こんにちは」

太陽でも見てしまったみたいだ、なんて思った。

明るい笑顔というのはこういう表情の事を言うのだろう。

周囲にいる団員の人達やお城のメイドさん達も、つられるように笑顔になっていく。

私もいつもよりもずっと大きく表情筋を動かして笑った気がして、少し頬が痛い。

「初めまして！　救世主になる為に勉強させて頂く事になりました。陽太って言います！」

「騎士団の仕事について聞きたいとの事でお連れ致しました。救世主様、こちらへどうぞ」

「ありがとうございます！」

笑顔を崩す事なく私達に一礼した彼は、案内役であろう騎士団の人達と共に本部の建物へと入って行った。

団員が色々な場所を手で示しながら説明をしているようだ。

真剣に説明を聞いている様子を見て、神様が言っていた通り前の救世主とは違うのだと実感してホッとする。

それにしても救世主ってここまで丁寧に扱われるのか。

もし結界を張った事が知られればもっと……そんな想像をしてゾワリと鳥肌が立つ。

やっぱり絶対に名乗り出たくはない。

自分の気持ちを再確認しつつ複数の団員と雑談を交わす。

「団長との結婚式、楽しみにしていますね」

「ありがとうございます」

「あなたが来てくれてから団長も以前より穏やかですから。団長の真面目な雰囲気に畏縮してしまう新入りの団員も馴染みやすくて助かっています」

「お前、それ団長に聞かれたら渋い顔されるぞ」

「あ、今のは団長には秘密という事でお願いしますね」

「あはは、了解しました」

そんな会話も彼らがイルの事を心から慕ってくれているのは知っているので、私も冗談として流しておく。

オセルの人達は優しく温かな人が多い。

王制でありながら身分にも寛容で、その制度に慣れていない私にとってはありがたかった。

年中降り積もる雪に困る事も多いが、救世主として送りこまれた場所が穏やかなこの国で本当に良かったと思う。

「ツキナさん、アイテムの確認終わりました。結界玉も回復薬も問題ありません」

「良かったです、いつもありがとうございます」

「こちらこそありがとうございます。回復薬や結界玉のおかげで騎士団での重症者はずいぶん減りました」

「特に結界玉。こんなハイレベルな物を格安で納めていただいてしまって……この結界玉を任務中の団員全員に配布できるので死者が出なくなりましたから」

「お役に立っているなら良かったです」

そうお礼は言ったが死者、という言葉がサラリと団員の口から出て来た事に何とも言えない気分になる。

元の世界よりもずっと死という言葉との距離が近い世界なのだとわかっているはずなのに。

そういえば回復薬は騎士団にしか納めていないが、町の病院はどうなっているのだろうか。

帰ったらイルに聞いてみよう、もしかしたら役に立てる事があるかもしれない。

そう決めた時、建物内の案内が終わったらしい救世主の青年が団員と共に外に出て来た。

建物の周りにいた団員達とも穏やかに会話を楽しんでいるようで、陽太と名乗った青年も団員もみんな先ほどと変わらず笑顔のままだ。

以前救世主が起こした騒動で、騎士団の方々は相当な被害を受けていた。

彼も救世主という立場だが、団員達は前の救世主を引きずるそぶりも見せずに和やかだ。

新しい救世主の青年の裏の無い明るい笑顔のおかげだろうか。

救世主様、もしくはヨウタさん、等と呼びかけられており、ここに来てすぐだとは思えないくらいには馴染んでいるように見えた。

「ああそうだ。ツキナさん、次の納品の時に回復薬を少し多めに入れていただいても良いでしょうか？　この間の定期魔物討伐で怪我人が出てしまったので在庫が少なくなってしまって」

「はい、大丈夫ですよ。結界玉はどうしますか？」

「騎士団に新人が数人入りましたので彼らに支給する分を追加で頂きたいです。こちらが具体的な数のリストになります」

「わかりました、お預かり致しますね」

さっとリストに目を通す。

これくらいならすぐに作る事が出来るだろう。

アイテムの納品は配達に来た際に納期と必要な数を聞いて配達するか、イルが正式なアイテム納品の発注書を持ち帰って来るかのどちらかだ。

アンスルさんやティーッさんからこの道具は作れないか、なんて聞かれたりもするが。

結界玉や回復薬はすべて私が自分で魔法をかけて作っているので、数によっては多少時間が掛かってしまう。

少し前にふと思いついて、神様に貰った物が出せる魔法のペンダントで結界玉や回復薬を出してみたのだが、私が作ったものよりも効果が低い。

どうやら作る際に魔力が関係する物の中には、あのペンダントで出すよりも自分で作った方が良い物もあるらしく、最近はこういった魔法アイテムに関しては自分で作る様にしている。

「あのっ！」

リストを見ながら騎士団の方々と打ち合わせをしていると、いつの間にか近くまで来ていた救世主の青年に声を掛けられる。

彼の視線は結界玉の入った箱に固定されており、不思議そうに中を見つめていた。

「突然すみません、その結界玉ってどういうアイテムなんですか？」

「こちらは敵から致命傷を受けそうになった際、自動的に身の回りに結界を張ってくれるアイテムになります」

団員の説明を真剣に聞きながらも視線を結界玉から逸らさない救世主の青年。

しばらく結界玉を見つめ続けた後、いきなり顔を上げて私の顔を見る。

「これはあなたが作っているんですか？」

「本来ならこれ一つで家が買える価値がある物なのですが。格安で売って下さるのでとても助かっているんです」

「市販されている物よりもずっと効果が強いですしね。守るだけではなく致命傷を塞ぎ、大きな怪我も少し回復してくれます。そして敵の攻撃を反射して跳ね返してくれる効果もありますので、騎士団としては大助かりなんです」

「私が作った物で皆さんの身が守れるならすごく嬉しいです。そもそもいつも騎士団の方には守っていただいている身ですし、結界玉や回復薬でそれが返せるなら喜んで作りますよ」

団員達が定期的に魔物討伐に行ってくれているからこそ、オセルは他の国に比べて平和だ。

その平和の恩恵をしっかり受けている身としても彼らにはあまり怪我等はしてほしくない。

会話を聞いていた青年は感心したような声を出した後、何かに気が付いた様に声を上げる。

「それ、俺にも作れますか？」

「確か城に教本はあったはずですが……」

「城で魔法が使える人間で作れる方はいらっしゃいませんし、そもそもオセルで作れるのはおそらくツキナさんだけです。他の国にも作れる人間は少ないはずですし、市場にもめったに出回らず、出たとしても大国の王族の方々が最後の手段としてようやく一つ買えるくらいのものですから。おそらく騎士団全員が持っている国はオセルだけですね。ですが救世主様の魔力なら出来るかもしれません」

「そんなに難しいんですか……それをこんなに量産出来るなんてすごいですね！」

キラキラと輝く笑顔を向けられて若干顔が引き攣る。

すごい、笑顔からプラスのオーラしか出ていない……笑顔が眩しいなんて初めて感じた。

「あ、はは、元々回復や結界魔法は得意なので」

「そうなんですね！　俺も頑張ってみる事にします。もしどうしても行き詰まってしまったら教えていただけるとありがたいです。えっと、すみません、お名前を聞いていませんでした」

「あ、ああ、えっと……ツキナと申します」

さすがに日本人感満載の苗字は名乗れない。

名乗ってしまったが最後、同じ日本人であろう彼には同じ世界から来た事がばれてしまう。

突っ込まれたらどう誤魔化そうか考えて返答が不自然な感じになってしまったが、彼は気にしていない様子で笑顔を向けて来る。

「ツキナさんですね、俺はヨウタって言います！　好きに呼んで下さい。もし何かあった時はよろしくお願いしますね！」

「え、あ、はい！」

そう言って勢い良く頭を下げた彼につられて自分も頭を下げ返す。

すごい、いきなり名前で呼ばれてもまったく不快感を抱かせないほどの爽やかさだ。

おそらく元の世界では友人も多かっただろう。

ニコニコと笑うヨウタさんはさっそく教本が見たいと言って城の方へと向かって行った。

「明るい方ですね。すごく気さくですし」

「そうですね。ですがこの世界を救うと張り切って下さっていますので皆喜んでおります。もう少ししたら私達騎士団と一緒に魔物討伐にも行ってみたいとおっしゃっておりましたし」

「……そう、なんですか。この国ももっと平和になると良いですね」

「はい」

魔物討伐……同じ国から来たというのにこの積極性の違いはいったい何だろう。

彼は二十代の前半から半ばくらいに見えるし、年齢の差もあるのだろうか。

そういえば神様がこの世界にいる他の救世主達もやる気があると言っていた。

……異質なのは私の方なのだろうか。

けれど私は魔物討伐なんてたとえ強制されたとしても絶対に出来ない。

生きている者に剣を振るったり魔法をぶつけたりする事も出来なければ、飛んでくる攻撃に向かっていく度胸もない。

……本当に?

ヨウタさんは来たばかりで、魔法もまだそう沢山は使えないだろう。

それでもこの国の人達のために救世主として頑張ろうとしている。

様々な魔法を覚え大魔法まで使える私が出来ないと判断している事を、やろうとしている。

「…………」

「ツキナさん？　どうかなさいましたか？」

「え、ああ、すみません。何でもありません。結界玉と回復薬はリスト通りにお持ちしますね。それ以外にもしも何か騎士団で使えそうなアイテムが出来たらイルに相談してみます」

「はい、ありがとうございます！　お気をつけてお帰り下さい」

話している内に空が暗くなってきたので、騎士団の方々に挨拶をして家へ帰る事にする。

持っていた荷物が無くなって身軽になったので歩みは軽いが、心は少し重たかった。

やる気に満ち溢れた人だった、あの人世界を救ってくれないかな、なんて思いの奥に少しだけチクリと刺さる何か。

神様はああ言っていたが、この国の人達にとっても魔物を倒したりしてくれる救世主がいるのは嬉しい事なのでは無いだろうか。

「無理だ」

どう想像してみても私は自分が魔物と戦ったり、戦争が起こった時に他国の人達と戦ったりするところは想像できなかった。

ヨウタさんは、そして他の救世主の人達はどう考えているのだろうか。

「……戦えはしないけど、もう少しだけ頑張ってみようかな」

ブックカフェもアイテムの納品の仕事も楽しい、イルと過ごす日々も充実している。

それはオセルという国が好きだからこそ感じる幸せだ。

救世主だと言う事も魔物の討伐も出来ないけれど、他に出来る事があるならやってみようか。


その日の夜、帰宅したイルにさっそく昼間思いついた事を聞いてみることにした。

難しいとは思うけれど、せっかく思いついたのだし、と私よりもずっとこの国に詳しいイルに問いかける。

「……回復薬を町の病院に？」

「うん。もしも可能なら、だけど」

帰って来たイルと食卓を囲んでいる内に、少し沈んでいた私はそれなりに回復していた。

好きな人が笑顔で帰ってくる、私にとっても帰る場所であるこのブックカフェ。

ここならば変に後ろ向きになり過ぎずに落ち着いて色々と考える事が出来る。

イルが静かに私の話を聞いてくれるという事もあって、昼間感じていたモヤモヤとしたものはなくなっていた。

「私、今は騎士団にしかアイテムを売っていないけど、町の病院とかに回復薬を売ったりは出来ないのかな？　もしかしたら私が作る物以上に良い物を使ってるのかもしれないけど」

「君が作る物の方が効果は大きいと思うが……良いのか？　目立ちたくないんだろう？」

「騎士団にアイテムを納めている時点でそこは多少諦めてる。自分が結界を張った救世主だって事を知られたくないのは今までと同じだけど」

目の前の愛する人が守りたいと思う国、暮らしている内に私にとっても大切になった国。

第二の故郷になったこの国に私が出来る事があるのならばやってみたい。

そう言った私の顔を見て、イルは少し驚いた顔をした後に申し訳なさそうな表情に変わる。

「俺としては君の腕も知っているし、是非と頼みたいところではあるんだが、少し難しいかもしれないな」

「ああ、やっぱり？」

「君は専門の勉強をしてきた経験がある訳ではないからな。騎士団に関しては結界玉の恩恵を初めに受ける事が出来たし、回復薬も一度試して効果を実証できているから問題はないが」

「イルの婚約者っていう立場もあるしね」

「確かに俺の婚約者という立場が足掛かりになった事もあるが、それはきっかけに過ぎない。今君が騎士団の関係者に認められているのは、間違いなく君の作るアイテムや通う内に結ばれた信頼からだ。そこを遜る必要は無いし、胸を張っていい」

「う、ん。ありがとう」

今の彼の言葉は婚約者の立場から見た評価ではなく、騎士団長という立場から見た評価だ。

だからこそ、この言葉はすごく嬉しい。

「でもそうだよね、病院の薬なんて信用第一だし。専門家以外の人がいきなり薬を、なんて難しいよね」

「そうだな。専門家以外のルートだと……」

少し言葉を探して視線を泳がせたイルが、どこか言いにくそうに口を開く。

「おそらくだが、ヨウタ殿の様に救世主である事を公表していれば問題無く薬を卸す事が出来たと思う」

「……そ、っか、そうだよね」

救世主である事を公表しないと決めたのは私だ。

だから救世主である事を隠したまま出来る事を探して、そして公表していないからこそ、それは出来なかった。

ああ、やってしまった、イルに変な気を遣わせてしまった。

「……国営の病院は正直薬が足りていない部分もある。医者が診療の合間に魔法で作っているくらいだ。君が提供してくれるならありがたいかもしれないし、俺が一度城で聞いてみよう」

「イル……」

「ただ、俺は騎士団長という役職持ちではあってもそういった部分に口利きが出来るような立場ではない。あまり期待はしないでくれ。病院に薬が充実するのは俺としても願ったりかなったりだから、君への気持ちを考えなかったとしても有益な交渉ではあるのだが。騎士団で使っている効果の高い回復薬、という事で紹介する事は出来るから、その方向で聞いてみよう」

「うん……ありがとう、イル」

「礼を言うのは俺の方だ」

はにかむ様に笑う彼に少し照れてしまって、先程の気まずさを誤魔化すように笑い返す。

「君が俺の故郷を好きになってくれて嬉しい、そして同じ様に故郷だと思ってくれている事はもっと嬉しいんだ。そしてこの国のために出来る事を考えてくれるのもな」

そう言ってくれるイルの顔を見て、胸の奥の温かさを感じながら幸せを嚙みしめる。

どれだけ悩んだとしても、自分が救世主だと知られたくないのも、静かに暮らしていたいのも変わらない。

けれどあの救世主の青年の様に世界を救うために動けはしないとはいえ、せめて自分が出来る範囲の事くらいは頑張ってみたいとは思う。

「あ、ヨウタさんといえば。今日、騎士団にアイテムを持って行った時に会ったよ」

「ああ、確か見学に行くと言っていたな」

「来たばかりなのに騎士団の人達とすごく和気あいあいと話してたからびっくりしたよ。イルが言っていた通りやる気もすごかった。私が作った結界玉を見て自分も作れるようになる、って言ってお城の方に戻って行ったけど」

「それで大量の魔法の教本が貸し出されていたのか。図書室の本棚が隙間だらけだったぞ。入り口から本棚を通して反対側の壁が見えたのは初めてだ」

「やる気に満ち溢れてるなあ……引きこもっていた私とは大違いだ」

思わずそう呟いた私の言葉を聞いてイルが面白そうに笑う。

「君が引きこもってくれていたおかげで俺は居心地のいいこの店を見つけたし、こうして君と恋人同士になれた。今は君も騎士団に協力してくれているし、空には君の張った大魔法の結界もある。俺にとっては喜ばしい事しかないな」

「イル……」

彼は今、私のせいで複雑な立場にいる。

騎士団長の立場で考えれば、私が救世主だという事を王様に報告しなければならないはずなのに。

私が沈んでいたから、わざとこうして軽口の様に言葉にして笑ってくれているのだろう。

大きな申し訳なさとほんの少しの嬉しさを感じて、少しだけ下を向いた。

確かに私が最初から救世主である事を公表していたら、イルとの関係は違っていただろう。

ブックカフェも開いていなかっただろうし、こうしてイルと二人でのんびりと過ごす時間は存在しなかったはず。

それに……もしかしたら、イルに結界玉を渡す事もなかったかもしれない。

そうしたら、彼はあの魔物の討伐の時に命を落としてしまっただろう。

背筋にぞっと寒気が走る。

救世主である事を公表しないという罪悪感よりも、公表した事でイルの命を守れなかったかもしれない事の方が、私にはよほど怖い事だった。

イルと出会って、彼の愛するこの国が大切になった事は確かだ。

この世界に来たばかりの頃の、どうして私が無理やり連れてこられた世界の人のために働かなくてはいけないのかという、すべてが他人事に思えていたあの頃とは違う。

オセルという国を好きになって守りたいものは増えたけれど、それでも私が一番守りたいのはイルと過ごすこの日々だった。

私は好きなもの全部守り抜ける程の力も無いし、それをしようと思えるほどの度胸もない。

何事にも優先順位はある。

それを間違って、一番大切なものを失うのは絶対に嫌だった。

やっぱり私は自分に出来る事を少しずつやっていこう。

イルがこうして複雑な立場にいながら黙っていてくれるのだから、私はその分イルのために、そしてこの国のために私が出来る何かを探したい。

あの青年の様にはなれないけれど、それでもきっと私にも出来る事はあるだろうから。

第二章　変わり始める

救世主の青年と出会ってから数日。

彼は町に出るたびに小さな親切をあの太陽な笑顔で繰り返しているらしく、あっという間に町で評判になっていった。

お城でも困っている人を見かけるたびに些細な事でも手を貸し、加えて救世主としての勉強にも真剣に取り組んでいるので、お城の人からの評価もとても高い。

救世主という言葉で以前いた女の子を思い出して渋い顔になっていた人も、今では救世主という言葉はヨウタさんを表す言葉になっているため、笑顔になっているのだとか。

知らない世界に強制的に連れて来られたばかりにもかかわらず、あんな風に見る人がつられてしまうほどの笑みを浮かべてこの国の人々のために動ける彼。

元の世界基準で考えたとしてもなかなかいないくらいに良い人だ、すごいな、と素直に思う。

明日はまたアイテムを配達に行く日だけれど……。

「また会う事になるのかな」

そう呟きながら抱えていた本を一冊ずつカフェの本棚に収めていく。

新しくペンダントで出した本は、数年前に絶版になりお店では見つからなかった本だ。

ペンダントを使う頻度は減ったものの、本だけは読みたくても手に入らない物を見つけてしまうと我慢できないので、きっとこれからもこのペンダントにはお世話になり続けるだろう。

手に持った本を見つめると、ワクワクした気持ちが湧き上がってくる。

色々考えてしまう事はあるけれど、やはり本好きな私にとってはこうして読みたい本が手に入った時の嬉しさは、そういう感情を吹き飛ばしてしまうくらいに嬉しいものだった。

「これイルも読みたいって言ってたし、喜ぶだろうな」

本棚に収める作業も楽しくてしかたがない。

隙間が空いていた棚が埋まっていく感覚、理想通りに詰められた本棚を見つめて笑う。

最後の一冊を入れようとした時、頭の中にお客様が来店した際の音楽が鳴り響いた。

入り口に背を向ける位置の本棚の前にいたので本を持ったまま振り返り、すっかり癖が付いた笑みを浮かべる。

「いらっしゃいませ」

「こんにちは、一人なんだけど大丈夫？」

「はい、大丈夫です。マントお預かりしますね」

入ってきた人物が雪除けのフードが付いたマントを静かに脱いだ。

顔が隠れるくらいに深く被っていたフードの下から現れた顔を見て、思わず声が出そうになるのを何とか堪え、マントを受け取って入り口近くに備え付けた洋服掛けに引っ掛ける。

てっきり騎士団の誰かが来たのかと思っていたのだが、フードの下から出てきたのは初めて見る顔だった。

短いながらもサラサラと流れる銀髪と真っ白な肌、すらっとした体格。

一見女性かとも思ったがそれにしては声が低めというか……見た目も声も男女どちらでも違和感がなく判断が付かない。

ただ性別がどちらだったとしてもすごく綺麗な人だった。

儚いイメージの外見から発せられる、ハスキーボイスの落ち着いた声。

見ているとなんだか不思議な気分になってくる神秘的な瞳。

何よりこの人が男性なのか女性なのか、そして何歳くらいなのかも、まったくと言っていいほど分からない。

男にも女にも、年下にも同年代にも見えて、唯一年上ではないという事がわかるだけだ。

さすがに初対面の人に性別や年齢を聞くわけにはいかないのでそこには触れず、その人が店内を見回すのを失礼にならない程度に見つめる。

「じゃあ、あの席で……え、その本って」

窓辺の席に決めたらしいその人の視線が私の抱えている本を捉え、驚いたような声と共に瞳が大きく見開かれる。

イルが初めてお店に来た時を思い出すな、なんて思いながらお客様に本の表紙が見えるように差し出した。

「こちらですか？　本日入ったばかりの新刊になりますが、お読みになりますか？」

「良いのかい？」

「はい、店内の本はどうぞご自由にお読みください。汚れ防止の魔法も掛かっておりますので飲食しながらの読書も大丈夫です」

「へえ、ありがとう！」

ふわっ、と笑った顔がすごく綺麗で一瞬見惚れてしまい、固まりそうになった体を何とか動かして、席へと移動したお客様にメニューを手渡す。

すごいな、もちろん恋したとかそういう感情ではないけれど、ただひたすらに綺麗な人だ。

「紅茶とサンドイッチをお願いできる？」

「かしこまりました、少々お待ちください」

頼まれたメニューはシンプルで、けれど私にとっては特別なメニューだった。

イルが初めて私のお店に来た時に注文したメニュー。

みずみずしいトマト、レタスと似たこの世界の野菜、カリカリに焦がしたベーコンのサンドイッチと、野菜をふんだんに使ったサラダのサンド、そしてハムとチーズを挟んだホットサンド。

同じ見た目のサンドイッチだが、今はペンダントで出した材料だけではなく自分で材料を買いに行っているものもある。

味もあれから色々と研究して更にグレードアップしている自信があった。

これも私がこの世界に馴染んだ事で起こった変化の一つだろう。

初めて作った時よりも手際も良くなったし、てきぱきと調理を済ませて作りたての状態でお盆へ載せ、お客様が座るテーブルへと歩み寄った。

真剣に本へ目を落としている人に話しかける事だけは毎回申し訳なさで躊躇してしまうが、それはもう仕方がないと割り切る事にしている。

「お待たせしました。紅茶とサンドイッチのセットになります」

「あ、ありがとう」

やはり私が話しかけた事で集中が切れてしまったようで、パッと顔を上げたお客様の目は少し見開かれていた。

サンドイッチとティーセットを静かにテーブルへ並べ、魔法のかかったアラームを添える。

「紅茶はお替り自由です。お湯はこのポットから欲しいだけ出るようになっていますので、セルフサービスになってしまいますがお好きなだけどうぞ。それとこちら、設定した時間に頭の中で音楽が鳴る時計です。御帰宅の時間などが決まっている様でしたらお使い下さい」

「へえ、嬉しいね。助かるよ」

「個人で緩くやっているお店ですので、私もカウンター内で本を読んでいたりしますが、何かありましたら遠慮なくお声掛け下さいね。時間制限なども特に設けておりませんので、好きなだけ読んでいって下さい」

「ああ、ありがとう」

「ごゆっくりどうぞ」

最近は勝手のわかっている方々しか来ないので、この説明をするのは久しぶりだ。

このお店に来るお客様は、私も本を読んでいる方が自分も遠慮なく長居して読書が出来ると喜んで下さる方が多いので、私もそこは遠慮なく読書をさせていただいている。

このお客様もどうやらそのタイプらしく、特に不快に思った様子は見られない。

店員が自分の事をしているのが嫌なお客様はもう来なくなってしまうだろうが、特に生活がかかっているわけではないお店なのでまあ仕方ないかと思っている。

もっともお城の人達以外のお客様は今日が初めてなのだけれど。

私がカウンター内に戻ると、一口サンドイッチをかじったお客様が小さくへえ、と声を上げてからまた食べ進め始めたところだった。

どうやら気に入っていただけたようだ。

料理が趣味の身としてはこうして好意的な反応が貰えるのは何度経験しても嬉しいと思う。

少し温かくなった心のまま、私もカウンター内で本に目を落とす。

私の手元で、そしてお客様の手元で本のページが捲られる音。

暖炉の火の音、静かに流れる優しい音楽……ああ、やっぱり私、この時間がすごく好きだ。

気持ちよく読書できるように吟味して選んだ椅子に体を預け、ゆったりとした時間を過ごすべく本のページをまた一枚捲った。


そんな静寂の時間が途切れたのは、それから二時間ほど経った頃だった。

来客を告げる音楽に反射的に立ち上がり、いらっしゃいませと声を出す。

扉を開けたのは騎士団の団服に身を包んだ人で、最近たまにお店に来てくれるようになった若い団員だった。

「こんにちは。すみません、今日は客としてきたわけではなくて」

お客様に気が付いたらしい彼が少し声を落としてカウンター越しに話しかけて来る。

静かにカウンターに置かれたのは少し厚めの封筒で、赤い文字で重要、と書かれている。

「これ、団長に渡していただけますか？　今日は外の見回りに行った後は直接家に帰るとおっしゃっていたので。団長には通信機で伝えてありますので、帰ったら渡していただければ」

「ああ、わかりました。渡しておきますね」

「はい、お願いします」

こういうお願いをされるのはこれが初めてではない。

イルが忙しくて捕まらない時に彼に渡す物があると、みんなここに持ってくるからだ。

私のお店には強盗やら泥棒除けの結界をイルと二人で協力して張ってあるので、店自体が金庫の様になっている。

この封筒も例えば誰かが強引に持ち去ろうとした時点で、相手はお店からはじき出され、足を踏み入れる事ができなくなってしまう。

こういう結界が一人で、それも一瞬で張れれば、魔物に襲われた時なんかも安心なのだが。

実際には二人がかりで一時間くらいかけていくつもの呪文を重ね掛けした結果なので、咄嗟の時には使えないのが難点だった。

「じゃあお預かりしますね」

「ありがとうございます。助かります！　まだ恋人という立場なのに重要な事も色々とお願いしてしまって申し訳ないです」

「あはは、まあ婚約してるので結婚前提ではありますから。結婚したらもっと大変な仕事も増えて来ると思いますし、簡単な予行練習だとでも思っておきますよ」

私にはそのうち騎士団長の妻、という役割も加わる事になる。

歴代の騎士団長の奥さんがやっていた仕事も多少はあるらしく、今後そういう仕事もやらなくてはならないだろう。

結婚という新しい関係を築く事で増える仕事。

働くのはあまり好きではないが、ブックカフェやアイテム作りの仕事が好きなように、そういう仕事も好きになれるだろう。

それはイルが相手だから、という事が一番の理由だけれど。

そういう面倒なものを背負ったとしてもあの人が良い、と思っているので特に問題はない。

「そう言っていただけるとありがたいです。では、よろしくお願いします!」

しっかりと敬礼までしてお店を出ていった彼を見送り、お客様が読書に集中しているのを確認してから自分も座っていた椅子へと戻る事にして歩を進める。

封筒は目立たない所に置いて、またお店には静かな時間が戻ってくる事になった。

それから一時間程経って、お客様が読み途中の本を抱えてカウンターに精算にやってきた。

「ごちそうさま。料理も紅茶もとても美味しかった。本もまだまだ読みたいものがあるし、行商で来ている間はたまに来させてもらうよ」

「ありがとうございます。気に入っていただけて嬉しいです。行商の方だったんですね」

「ああ、ここより暖かい国から来たから寒さにはびっくりしたよ。フードを深く被っていないと顔が凍ってしまいそうだ」

「ああ。確かに他国の方にはこの寒さは厳しいですね」

「オセルの人かどうか簡単に判断が出来るから行商はやりやすいけどね。最近は結界を張った救世主様の話題に加えてお城に来た救世主様の話で持ちきりだし、国内も平和だから商売がしやすくてありがたいよ。私の国でも二人の救世主様の話題が広がっているらしいし」

「……ああ、やっぱり他国でも話題になっているんですね」

「そうだね。オセルは唯一大魔法を使える救世主様がいるらしい国だし。ただ話題としては新しく来た救世主様の事の方が多いかな」

来たばかりだというのにもう他国まで話が広がっているのか、と驚いてしまう。

ヨウタさんは町でも人気なので、行商の人たちがたくさん来ている事もあって噂が広がるのが速いのかもしれない。

「彼、すごく評判が良いよね。やる気がある救世主様が国にいるというだけで他の国はオセルを攻めにくくなるから、救世主様の存在はある意味一番の防衛になる。戦う術のない人にとってオセルは今憧れの国なんだよ」

すごい、評判になっているばかりか存在だけでオセルの防衛に貢献している。

あの笑顔を思い出しながらそんな事を思っていると、お客様から出てきた言葉に一瞬固まってしまう事になった。

「でも不思議だよね。どうしてこの結界を張った救世主様は名乗り出ないんだろう？　大魔法が使える救世主様なんて今の所オセルの結界を張った一人だけだし、その人物がオセルにいると宣言して名乗り出れば、今まで以上にこの国に手を出す国なんて無くなると思うんだけど。

今はたぶんオセルにいるだろう、っていう感じで本当にまだこの国に大魔法が使える救世主様がいるかわからないからね。オセルにだけ協力する気なのか、それともたまたまこの国に結界を張ったのかもわからないし」

「……そ、うですね。不思議です」

名乗るだけで、オセルにいると宣言するだけで、この国はもっと平和になるだろう。

わかっていたはずなのに、他国の人から言われると本当にそうなんだと実感が湧いてくる。

この国が好きで、平和であってほしいのに、私はいまだに名乗り出ようとは思えなかった。

「……あの、どうかしました？」

「え、ああ、すみません。ええと、お会計ですね」

いけない、変に考えこんでしまうところだった。

お客様に金額を告げると、少し悩んでからお金を差し出される。

「メニュー表を見てわかってはいたけれど、安すぎやしないかい？」

「完全に趣味のお店ですから。儲けはあまり気にしていないんです」

「趣味……そうか、そういえばさっき来た騎士団の人が団長の婚約者だと言っていたね。副業みたいなものなんだ」

「え、ええまあ、そういう事ですね。すみません、うるさかったですか？」

「いや声を抑えてくれていたし、特に気になりはしていないよ。こちらこそ盗み聞きみたいになってしまって」

「いえ、大丈夫です」

適当に肯定しつつ、謝罪合戦のような状況を変えるべくお客様の持つ本に目を向ける。

かなり分厚いその本は続きの巻もあり、まだまだ読み終わらないだろう。

「本はどうされますか？」

「ああ、実はまだ読み途中で。その、出来れば取り置き、とかさせてもらえないかと」

「はい、大丈夫です。ええと、こちらの栞に名前を書いて挟んでおいていただければ、カウンター内でお預かりします」

「ありがとう、なるべく早く来るから、お願いするよ」

差し出した栞にサラサラとペンが滑らされる。

ブラン、と書かれた名前からも、やはり性別は判断できない。

どちらでも通用しそうな名前だし、一人称の私、も男女どちらでも使うだろう。

差し出される本を受け取って専用の場所に置いておく。

以前イルの本しか置いていなかったそこには、今は数冊の取り置き本が置いてあった。

騎士団の人たちが預けていくからだ。

「二か月ご来店が無かった場合は取り置きは解除という事になってしまいますので、その点だけご了承ください」

「うん、ありがとう」

「ああ、それと、この本は続編も置いてありますので、もしも一冊目を読み終わったタイミングで次のご来店時に続きが読みたい場合は続刊の取り置きも可能ですので」

「本当に？　良かった。この本のシリーズ、ずっと探していたんだ。行商の間に読み終わるように通い詰めないと」

冗談交じりに笑いながらそういったお客様に雪除けのマントを手渡す。

お礼を言いながら受け取って肩にマントを掛けたその人は、私を見てもう一度笑った。

「しばらくの間通わせてもらう予定だから、よろしくね」

「はい。お待ちしていますね」

そう言葉にすれば更に深くなった笑みを返される……心臓に悪いくらいに綺麗な人だ。

また来るねと告げて深くフードを被ったブランさんがお店を出ていき、扉が静かに閉まる。

静かになった店内で、はあ、と息を吐いた。

イルが初めて来た日と重なる事が多かったのがなんだか懐かしくて、けれど他国の人から直接自分がどう思われているのか聞いた事でどこかモヤモヤとして。

「……イル、まだかな」

なんだか無性に彼の顔が見たくなってしまった。

静かに笑う彼と過ごす時間は、その笑顔と同じような穏やかな気持ちにしてくれるから。

お店の扉を開けて、見える範囲にブランさんがいない事を確認してからドアに掛けてあるオープンのプレートをひっくり返してクローズの表示にする。

出していた看板も店内に入れて、後は掃除をすれば今日のお店の作業は終わり。

「夕飯、何にしようかな」

あの時間から城に戻らずに帰ってくるという事は、ずっと外にいるという事だろう。

どれだけ慣れていても雪は体を冷やすし、今日も体が温まるものにしよう。

私が穏やかな気持ちにしてもらえるように、イルにも帰ってきたら落ち着くと思ってほしいのだから、いつまでも悩んでばかりはいられない。

そうして夕食の支度が終わるころに帰って来たイルにやはり家は落ち着くな、と言われて、私はようやく心を落ち着かせる事が出来た。

次の日、初めてヨウタさんと出会った日以来のアイテム配達に訪れたお城。

門の前にいた兵士さんや時折すれ違う人と挨拶を交わし、イルはどのあたりで仕事をしているのだろうと城を見上げながら歩いて騎士団本部へと向かっていた時だった。

いつも通る木々に囲まれた小道は周囲に人影が無く、私の足音だけが響いている。

そこにガサガサと葉がこすれる音が響いた。

音がした方に視線を向ければ、私の頭よりも高い位置まで伸びた茂みが揺れている。

鳥か何かだろうか、それにしては揺れが大きいし、まさか馬でも脱走したのだろうか。

そんな呑気な事を考えながら歩を止め、揺れる茂みをなんとなしに見つめ続ける。

次の瞬間飛び出して来たものを見て、その選択を後悔する事になった。

「な、んで……」

私の前に立ちふさがる様に一本道を塞ぐそれ。

長い爪を持つ前足が地面を掻き、皺の寄った鼻先に尖った牙が見える。

ハアハアと吐き出される息で、それの口元の空気が白く染まる。

唸り声をあげ敵意を向けて来る私の二倍はあろうかという狼のような獣。

以前本で見た魔物とまったく同じ容姿をしたその獣を見つめながら、固まった体を動かそうと必死に頭を働かせた。


「ふふふ」

オセル城の屋根の上、一人の人間が魔物と女性の様子を見ていた。

「新たな救世主様のお手並みを拝見、なんてね」

フードに積もった雪を振り落としながら人影が笑った。

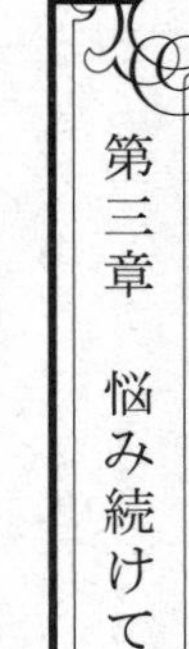

第三章　悩み続けて

グルグルと喉が鳴る音、唸り声、殺気、初めて明確に感じる命を失うかもしれない恐怖。

逃げないと、声を上げないと、そう思っているのに金縛りにあったかのように動けない。

息苦しい、怖い、どうしていいのかがわからない。

目の前の魔物の前足が雪を掻いたのが見えた瞬間、目の前に大きく開いた口が広がった。

「…………っ」

ぎりぎりのところで体が動き、横に転がるように移動する。

地面にぶつかった場所からじんじんと走る痛みに顔が歪んだ。

私に向かって飛びかかってきた魔物は、さっきまで私がいた場所のすぐ近くにいる。

その足元には私がさっきまで持っていた複数の回復薬の瓶が粉々になって落ちており、こぼれ出た回復薬は雪をじわじわと溶かしながら地面へと沁みていった。

結界玉は無事のようだが、雪の中に撒き散らされてしまっている。

魔物は飛びかかる際に少し体勢を崩したようで、私がそちらを見た時にはちょうど体をプルプルと振りながらしっかりと立ち直しているところだった。

つまずいたのか雪で滑ったのか、どうしてよろけたのかはわからないが、もしも魔物の体勢が崩れていなければ私はあの牙の餌食になっていただろう。

それでもすぐに魔物は私の方へ向き直る。

おもわず転んだ体勢のまま後ずさるが、立ち上がれたとしても逃げられるとは思えない。

服にしみ込んで来る雪が冷たくて不快で、手足が冷えて、寒さと恐怖で体が震える。

魔法、何か魔法を、とようやくその選択肢が浮かんだと同時にもう一度魔物がこちらに向かって飛びかかってくるのが見えた。

まるでスローモーションのようにゆっくりゆっくり魔物が近づいてくる。

攻撃を避けるために動き出した体が間に合わない事も、何となくだがわかる。

「……イル、」

思わず呟いた彼の名前、魔物が近づいて来る一瞬のはずのその時間が妙に長く感じられた。

先ほどより至近距離で開く魔物の口、視界を埋める尖った牙の一本一本。

それが見えたのも一瞬で、ごうっ、と顔に感じる熱と同時に視界が一瞬赤くなった。

キャイン、と悲鳴のような鳴き声が聞こえて、目の前まで迫っていた魔物が横から押されたように視界を横切って吹き飛んでいく。

その先にあった木に魔物がぶつかった音を聞いて、ようやく私の体は動きを取り戻した。

「………あ」

木にぶつかった魔物はそのままズルズルと滑り落ち、地面にどさりと倒れ伏す。

魔物が飛んだ方向とは反対の方へ首を動かすと、どこか呆然とした表情で煙の上がる右手をこちらへ向けているあの救世主の青年と目が合った。

周囲に広がる少し焦げたようなにおい、彼の手から上がる煙と、倒れ伏す魔物の体にある黒い焦げ痕……どうやら彼が魔法を放ってくれたらしい。

助かった、そう思ったと同時に長く深い息が勝手に口から零れた。

死への恐怖から解放されたはずなのに先ほどよりもずっと怖く感じるのは、頭が動き出した証拠なのだろう。

お礼を、助けてもらったお礼を言わなければ、とふらつく足を押さえて立ち上がる。

立ち上がる私を見てホッとした様子の彼の息は荒く、その手は小刻みに震えていた。

「あの、ありが」

ヨウタさんの方に向き直って、震えを振り払うためにも少し大きな声を出そうとした瞬間、後方から大きな魔物の咆哮が響いた。

真正面にいるヨウタさんが叫ぶように口を開けながら駆け寄ってこようとしたのが見えたと同時に、私の顔は後ろを振り返った。

倒れていたはずの魔物が立ち上がり、先ほどとは比べ物にならないほどの怒りを湛えた目でこちらを見ている。

もう一度上がった咆哮と剝き出しになった歯に恐怖を覚えたと同時に、巨大な氷柱が凄まじい勢いで魔物に直撃した。

「放て！　消し炭にはするなよ、後で調査する！」

聞き慣れた声はいつもよりもずっと硬かったけれど、その言葉に続くように吹雪や火の玉が次々と魔物へと直撃していく。

その光景を呆然と見つめ続けたほんの少しの間の後、そこには倒れ伏す魔物と薙ぎ倒された木々しか残っていなかった。

「ツキナちゃん、大丈夫か！」

「……ベオークさん」

金色の短い髪を揺らしながら駆け寄ってきたイルとは違うタイプの整った顔立ちの男性。

彼はイルと幼馴染みで親友で、騎士団の副団長を務めている人だ。

いつもは飄々とした態度でイルをからかって遊んでいるイメージが強い人だが、今はその表情は硬くこわばっている。

彼が来たという事は、本当にもう大丈夫なのだろう。

へなへなとその場に座り込んで、もう一度大きく息を吐き出した。

「すみ、ません、大丈夫です。彼に助けて頂いたので」

視線をヨウタさんの方へ向けると、彼の方にも騎士団の人達が駆け寄って心配の言葉や賛辞の言葉をかけている様だった。

こわばっていた彼の表情も団員達との会話で緩み、以前会った時のような明るい笑顔に変わってきている。

お礼を言わなくては、彼がいなければ今私はこの世にいなかった。

「無事で良かった、怪我はないか？」

「大丈夫です。助けていただいてありがとうございました」

「いやいや、当然の事だ。むしろ安全なはずの城の中で君が襲われるなんて、こちらこそ申し訳ない」

ベオークさんが差し出してくれた手をありがたく借りて、なんとか立ち上がる。

自分一人ではとてもではないが立ち上がれないくらいに足が震えていた。

「あのっ！」

立ち上がって服についた雪を振るい落としたところで声を掛けられる。

気が付けばヨウタさんがすぐ近くまで来ていた。

本来ならすぐにお礼を言わなくてはならなかったのに、まだ頭が落ち着いていないようだ。

「すみません！　助けていただいて、ありがとうございました！」

言葉と同時に深く頭を下げる……本当に、死んでしまうところだった。

「顔を上げて下さい！　俺があの時とどめを刺す事が出来ていれば、あなたがもう一度危険な目にあう事なんてなかったのに」

「そんな！　そもそもあなたが来て下さらなかったら一撃目でもう死んでいました。私が今こうして話せているのもあなたのおかげです。本当に、ありがとうございました！」

もう一度頭を下げて、顔を上げて彼の顔を見る。

助かった安堵と彼に対してのありがたさで笑みが浮かんだ。

私の顔を見た彼は少し呆然とした後、ぎゅっと唇を噛みしめてから満面の笑みを浮かべた。

こみ上げる嬉しさを隠すような、感極まったような、そんな笑顔。

「俺の方こそ、ありがとうございます！」

「え？」

何故お礼を言われたのか分からず首をかしげる私に背を向けて、騎士団の人達の方へ走って行ってしまった彼を見送る。

どうやら騎士団で城内の見回りをするらしく、それを手伝いたいと言っている様だ。

「私、なんでお礼を言われたんでしょうか？」

「さあ？　ただすごく嬉しそうではあったな」

同じ様にヨウタさんを見送っていたベオークさんも不思議そうにしていたが、すぐに私の方へと向き直った。

その表情に少しの申し訳なさが滲んでいる。

「店の方がおそらく安全だろう。戻れそうか？」

「あ、はい。大丈夫です」

「本当ならイルの奴を呼んでやりたいんだが、すまないな。大魔法の結界に加えて強固な守りがある城に魔物が出た以上は、原因究明と他に魔物が潜伏していないかの確認を騎士団の方でしなくちゃならない。団長のあいつにその仕事を免除するわけにはいかないんだ」

「いえ！　怪我もしていませんし大丈夫です。イルには仕事に集中してもらって下さい」

「すまない、とりあえず城門まで俺が送って行こう。城の外へ出れば魔法で帰れるんだろ？」

「え、でも」

「城から出るまでにまた魔物に襲われる可能性もある。急ぎ足になっちまうがこの状況で君を送っていくのは当然の事だから気にしないでくれ。君がイルの婚約者で俺の知り合いだという事を抜きにしたとしても、騎士団に有益なアイテムを納めてくれる貴重な人材を危険な目に遭わせるわけにはいかないという、送っていくための正当な理由もある。それとすまないが道中で軽く事情聴取をさせてくれ。何があったのか大まかなことだけで良い」

「はい、もちろんです」

とはいえ、いきなり魔物に襲われてしまったので話せる事などほとんどない。

それでもわかる事を話し、ベオークさんの質問に答えながら城門までの道を進む。

ベオークさんの表情は本当に深刻そうで、城内で魔物が出るという事がどれだけあり得ない事なのかをひしひしと感じる。

重い足どりとは裏腹に、ピリピリとした空気の中、城門へはすぐに辿り着いた。

「もしかしたら騎士団の誰かが呼びに行くかもしれない。その時はまた来てくれ」

「はい、送ってくださってありがとうございました。落ち着いたらカフェの方に来て下さいね。よろしければベルカ様もご一緒に」

「そりゃいいな。お言葉に甘えさせてもらおう。あいつも喜ぶ」

ベオークさんの婚約者はこの国の唯一の王女であるベルカ様だ。

王女様の方が一回り程度年下なのだが、二人はとてもとても仲が良い。

彼女の顔を思い出したのか、一瞬だけベオークさんの顔が優しいものへと変わる。

以前ベオークさんがイルに会いにブックカフェに来た時、彼の後ろからひょっこりと顔をのぞかせたとても可愛らしい女性。

ウェーブがかった綺麗な長い金色の髪と、青い瞳。

ベオークさんの髪と目の色と同じ色合いだったので彼の妹かな、と思った私の思考は正面に座っていたイルが紅茶を吹きだした事で一時停止する事になった。

まさか一国の王女様がデートの場所に私のお店を選ぶ日が来るとは、まったくの想定外だったのだけれど。

数度ベオークさんと共に訪れたベルカ様は、私の事をお姉さんが出来たみたいだと言って慕恐れ多い気もするが彼女はイルの事も兄のように慕っているし、私も可愛らしい女性から慕われるのを無下にできるような性格ではない。

彼女のおかげで王族の方々も参加するであろうイルとの結婚式への緊張もある程度ほぐれたので、ひっそりと感謝している。

「この騒動が落ち着いたら遊びに行かせてもらうよ。とりあえず今日は寄り道せずに店に戻ってくれ」

「はい。まあ、寄り道できるほどの精神的余裕はありませんけど」

「そりゃそうか」

「いつもは町に戻ってから移動魔法で帰るんですけど、今日は城門を出たらすぐに魔法で帰ります。調査、頑張ってください」

「おう、ありがとう。もしも何かあったらすぐに魔法で逃げて来てくれ」

「わかりました。あ、今日持ってくる予定だった回復薬は……」

「とりあえず調査次第だな。必要なものではあるから君が大丈夫そうならば作っておいてもらえるとありがたい。城の状況によってはイルに持って来てもらうなり騎士団の連中に取りに行かせるなりするから、その辺りはイルが帰ってから聞いてもらってもいいか？　結界玉は散らばっているものを普通に貰っておくから」

「あ、すみません。撒き散らしたままにしてしまって」

「魔物に襲われたんだ、仕方がないさ。結界玉が散らばった辺りで宝探しゲームでもすればすぐに集まるだろ。超高級品だからな。ともかく君は気を付けて帰ってくれ。これで君に何かあったらイルは手が付けられなくなっちまう」

冗談交じりにそう笑ったベオークさんはウィンクを一つ残し、城内へ戻って行った。

王子様フェイスの彼がやるとウィンクすら様になっているのがすごい。

助けてもらったお礼を彼の背に向かって叫ぶと、後ろ手にひらひらと手を振ってくれた。

心配をかけてしまう訳にもいかないので、彼の背が視界から消える前に魔法で店へと戻る。

見慣れた店の前、いつもの風景、それでも何かに急かされるように店の中へと入り、急いで鍵をかけた。

これで扉を開ける事が出来るのは私とイルだけになる。

ドッと疲れが襲ってきた気がして、店のソファに倒れこむように腰掛け、本棚に囲まれたいつもの店内を見まわした。

「……あー」

口から零れた声は掠れていて、自分でも情けなくなるような声だった。

ベオークさんとの会話で気が紛れていたのに、一人になった途端にさっきの魔物の事を明確に思い出してしまう。

ベオークさんが明るく返してくれていたのも、私がこういう状態だとわかっていたからだろうか。

「…………」

暖炉の火で薪が弾ける音、優しい音楽、静かな店内。

いつもならば落ち着くはずの空間でも、カタカタと震える手は落ち着いてくれない。

死というものが隣り合わせだとわかっていたはずなのに、今日初めて本気で死を覚悟した。

「イル、心配してるよね……今日持って行ったアイテムも全部壊れちゃったし、作り直しだ」

安全な場所にいるはずなのに心が落ち着かず、一人きりの店内に独り言が響く。

何かしていないと不安に押し潰されてしまいそうで、無理やり心を奮い立たせ立ち上がる。

「イルも調査で疲れてるだろうし、夕飯ちゃんと作らなくちゃ。回復薬も在庫分と合わせて足りない分を作って、結界玉もいくつか……」

先ほどの事をしっかり思い出してしまうと動けなくなる事だけはわかっていた。

何かに急かされるようにアイテムを作り、夕食を作ったり掃除をしたり、なるべくいつもの様に過ごそうとしたのに、結局本を読もうにも集中出来ず、無駄に時間を費やしてしまった。

今もお城では調査中なのだろうか。

ヨウタさんも手伝うと言っていたが、あの広いお城をしらみつぶしにチェックするには人手がいくらあっても足りないだろう。

今日の事で思い知った、私はやはり魔物とは戦えない。

平和な世界から来たのだから仕方ないと思っていたけれど、同じ世界から来たであろうヨウタさんは私を助けるために魔法で魔物を攻撃してくれたのに……

魔物を攻撃した後の彼の手が震えていたことを思い出す。

そうだ、彼だって私と同じ戦闘なんかとは無縁の世界から来たんだ。

生き物を傷つける戸惑いも魔物に向かっていく恐怖もあったはずなのに、彼は私を助けるために魔法を使ってくれた。

助けてもらった感謝の気持ちと、何も出来なかった自分の不甲斐なさが混ざり合って、泣きたくなってくる。

情けない、本当に……本当に何も出来なかった。

大きな魔力を持っているのに、様々な魔法も覚えているのに、まったく動けなかった。

どうしてヨウタさんよりもずっとこの世界に馴染んでいるはずの私には出来ないのだろう、そう考えたところで性格上、としか言いようがない。

何度思い直してみても、先ほどのような状況に陥った時に戦う自分は想像できなかった。

チラチラと時計を見やる。

外に積もっている雪は先ほどまで夕焼けでオレンジ色に染まっていたが、もう空は真っ暗で、

「……どうして」

月明かりを反射してキラキラと輝いていた。

真っ暗な森と寒さゆえに美しく輝く沢山の星は私にとってお気に入りの景色だったはずなのに、今はそれも少し怖い。

いつもならばもうイルが帰ってきている時間だが扉が開く様子はなく、部屋の中には私一人きりだ。

「……当たり前か」

彼は立場ある人だ。

城の中に魔物が出たなんて相当な大事だし、そういった面を担当している騎士団の団長である彼が忙しくなるのは当然で。

彼はこの国の人々の命を背負っているのだから。

そんな風に仕事に真面目な彼も大好きなのだから、彼の帰宅を待ちわびているだけでは駄目だ。

魔物に襲われはしたがちゃんと命はある、怪我もない。

ただでさえ戦えないというのに、人々を守る立場の彼に負担をかけるのは間違っている。

「頭、切り替えなきゃ」

イルと結婚するという事は、こういう事がまたあるかもしれないという事だ。

そのたびにこんな風に沈んでいては彼に心配をかけてしまう。

「よし、顔でも洗ってこよう」

そう決めて立ち上がったのとほぼ同時に、いつもよりも大きな音を立てて扉が開いた。

音に驚いて扉の方を見ると、息を切らした様子のイルと目が合う。

「あ、おかえりなさっ……！」

おかえりの挨拶は、イルに強く引き寄せられて彼の胸の中に収まった事で、最後まで言葉にならなかった。

雪の中を帰って来たはずの彼の体は本当ならば冷え切っているはずなのに、触れている場所すべてが熱く感じる。

背中に回った腕にさらに力が籠り、少し息苦しい。

顔が押し付けられる形になっている彼の胸から、いつもよりもずっと速い鼓動が聞こえた。

「……怪我はないか？」

耳に慣れた低い声を聞いて、一気に足から力が抜ける。

どうやら普通に動けていたのは色々と起こりすぎて興奮状態だっただけで、実は限界だったようだ。

イルの体にしがみつくように彼の背中に手を回し体を預ける。

さっきしたばかりの負担をかけまいという決意は萎んで、あっという間に小さくなってしまった。

「うん、無事。でも怖かった」

「すぐに駆け付けられなくてすまない」

「当たり前の事だよ。むしろイルが私に会いに来たら追い返さなくちゃいけないところだったもの」

私が冗談交じりにそう言った事で、ようやく少し雰囲気を緩めたイルの体が少し離れ、心配そうな瞳が私の顔を覗き込む。

いまだに至近距離の彼の顔に慣れない私が少し視線を彷徨わせると、彼の後ろにぐちゃぐちゃになった状態で脱ぎ捨てられている雪除けのマントを見つけた。

そういえば入って来た時は彼の脇に抱えられていた気がする。

いつもならば静かに開けられる扉、そして皺にならないように丁寧に掛けられるマント。

そんな普段の彼との差に、本当に急いで帰って来てくれたんだろうなと、じんわりと温かい気持ちが湧き上がってくる。

それと同時に、今までが嘘のように冷静になっていく頭の中。

焦って考え込んで、あれもこれも出来ないけどやらなくてはいけないのでは、なんて思考を二転三転させていたさっきまでの自分がどれだけ混乱していたのかがわかって、更に体から力が抜けた。

出来ない事を出来ないと判断するのは決して悪い事じゃないとわかっていたはずなのに。

同じ世界から来たヨウタさんと自分を比べても意味なんてない、日本から来たという共通点はあっても性別も性格も年齢も、育って来た環境や今までの経験だって違うのだから。

ゆっくりと私の背中を撫でるイルの手の感覚が心地いい。

己に出来る事と優先順位を見失えば、大切なものを失ってしまう確率が上がってしまう。

私が守りたいのは、イルと、そしてこのブックカフェで送る穏やかな日常だ。

「イル、急いで帰って来てくれてありがとう」

「当たり前だろう」

「お城の事もあるのに、心配かけてごめんね」

「騎士団の仕事は確かに優先しなければならないが、だからと言って君を放置するわけがないだろう。怪我はないと聞いていたが、それでもなるべく早く君の無事な顔が見たかったんだ」

ホッとしたように息を吐いたイルの言葉に、恋人になる前に討伐に行った彼がお店に来なくなった日々の事を思い出した。

早く無事な顔を見せてほしい、そう願い続けた数日間。

心配をかけてすまないと謝られたあの時の私の心情と、今私に心配かけてごめんと謝られた彼の心情はきっと同じだろう。

そんな事より無事でよかった、だ。

思わず小さな笑みが零れて、不思議そうなイルが私を見つめたのがわかる。

「どうした？」

「ううん、さっきまで焦ってた自分が少しおかしくなっただけ」

イルに抱きしめられながら言葉を交わしていく内にすっかり落ち着いて、私はようやく自分の足でしっかり立てるようになった。

いつもよりも疲れているはずの彼に、ちゃんと休んでもらわなければ。

そうして二人で夕飯の席を囲んだ時、ようやく日常が戻って来たのだと、いつもの一日の終わりが来たのだと、そう実感出来た。

「結局、あの魔物は何だったの？」

「わからない。ただ城内の捜索ではあれ以外の魔物は見つからなかったし、結界にも城の防御魔法にも異状は無かった。ツキナはどうだ？　大魔法の結界に何かあったように感じるか？」

「今の所は特に何も……結界が割れてしまったような感覚も無いし」

「そうか……ただ、今日の調査ではあの魔物は人為的に連れてこられた可能性が高いだろうという事になった。警備を強化したから城内全てに常に誰かしらの目がある状態だ。配達中に何かあったらすぐに頼るんだぞ」

「うん。ベオークさんにもちゃんとお礼を言っておかないと。ヨウタさんにも助けて貰っちゃったし」

「ああ、居合わせたと聞いたな」

「うん、同じ世界から来たのに魔物相手に戦えて、すごいなって思ったよ。私は震えるだけで何もできなかったし」

「彼は元の世界で剣を使って戦う競技をやっていたと言っていたぞ。そういう基礎的な部分があるか無いかで戦えるかどうかは大きく変わるし、君のように強い魔力があっても戦えない人間はこの世界にもいる」

「え、そうなの？」

「ああ、新しい魔法を生み出したいと研究している者もいるし、回復魔法専門の者もいるな。そもそも戦えないとはいえ、回復や道具の作製で君には本当に世話になっている。むしろ君が戦いの場にいたら俺はそっちの方が心配で気になってしまう」

「イル……」

そうだ、この世界でも魔法が使えるイコール戦えるという訳じゃないのだった。

人間追い詰められていると色々な事が頭から抜けるという事を再確認した気がする。

それにしても、今日は本当に怖かった。

町の戦えない人達は結界が無い間は常にあの恐怖に怯えていたのか。

……自分は結局どうやったって戦えないだろう。

ヨウタさんの様に魔物相手に攻撃魔法を放つ精神の強さを私は持っていない。

有事の際に駆り出されたとしても何の力にもなれない。

それでも、戦えなくても出来る事はたくさんある。

「ねえイル。何か……あ、イルが前に怪我をした時に魔法で治したのは私だって事はお城の人達は知ってるんだよね？」

「ああ、皆知っているが」

「なら騎士団で怪我人が出て回復魔法が追い付かない時とかは……もし良かったらだけど、私も手伝うから」

「そうか、その時は頼む」

私の言葉にふわりと笑ってくれたイルに微笑み返して、怒濤の一日がようやく終わった。

とりあえずお城への訪問は可能らしいので、配達は町に転移ではなく城ぎりぎりに移動して、終わったらまっすぐに帰宅しよう。


夜の闇に包まれたオセル城は見回りが増えたせいか、いつもよりも動き回る人間が多い。

そんな城の一番高い屋根の上に闇に溶け込むように静かに佇む一人分の人影は、じっと城を見つめた後に静かにその場に座り込んだ。

片膝を立て腕を乗せて、ポツリと呟く。

「……なにをやっているんだか」

自身の手のひらを見つめた人物は、軽く頭を振りフードに積もる雪を振り払う。

その拍子にフードの隙間からわずかに金色の髪が覗いた。

「……まあ良いさ。救世主について少しは把握できた」

ふふ、と小さな笑い声が上がり、目深に被られたフードの下で唇が吊り上がる。

「国に連絡を取らないと、しばらくは結果待ちだが……良い暇つぶしは見つけたし」

人影が見下ろした場所には、昼間暴れた魔物の体を調査する兵士達がウロウロしている。

そこから少し離れた場所の地面には魔物の足跡と共に小さな焦げ跡があり、そこへ視線を移動させた人影はため息を吐いた。

「けしかけておいて自分で助けるなんて私らしくもない。魔法を使った痕跡も残ってしまったし……まあいいか。幸い炎の魔法は大量に使われていたから気付かれることはないだろう。あそこ気に入ったし、無くなったら暇つぶしも出来なくなるし……」

一瞬だけ小さく指先に炎を灯してすぐに消した人影はそっと立ち上がり、今度こそ闇に溶け込む様にその場から姿を消した。

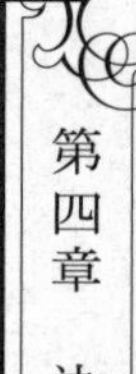

第四章　決意

次の日、昨日割れてしまった分の回復薬を抱えてお城に向かった私を待っていたのは、満面の笑みを浮かべたヨウタさんだった。

城門前の兵士さん達も倍の人数になっていたのだが、普段は巡回中の兵士さんとすれ違うくらいの小道も一定間隔で見張りの人が立っている。

顔見知りの方からは心配の言葉を頂いてしまって、本当に申し訳なかった。

そうして辿り着いた騎士団本部の前で、私の名前を呼びながら走って来るヨウタさんと出会ったのだけれど。

「ツキナさん、こんにちは！　昨日は大丈夫でしたか？」

「はい、おかげさまで傷一つないです。ありがとうございました」

笑顔が眩しいなんて表現がこれほど似合う人がいるだろうか。

若さと力に溢れているなあ、なんて思いながらも彼につられるように笑顔で返す。

彼には本当に感謝しかない。

「ご無事で何より。襲われたのがツキナさんだと聞いて驚いたぞ」

「すみません、心配をおかけしてしまって」

ヨウタさんと共に歩いて来たのは、アンスルさんだった。

お店に来ている時の彼は目の前に大量のケーキや砂糖たっぷりの紅茶などが置いてあるので
あまり感じないけれど、こうしてお城で会うと厳しそうな印象が前面に押し出されている。

「そうそう、ヨウタ殿がツキナさんに頼みがあるらしいので、ちょっと聞いてやってくれると
ありがたいのじゃが」

「私にですか？　昨日助けて頂いた恩もありますし、私に出来る事でしたら」

「本当ですか？　あ、でも無理でしたら断っていただいて大丈夫ですので！」

パアッと顔を明るくしたヨウタさんだが、慌てた様子でそう付け足す。

……善人ってこういう人の事を言うんだろうな。

「実は師匠と一緒に魔法の教本を見ながら基礎の魔法を覚えている最中なんですけど」

師匠、と言いながらヨウタさんがアンスルさんに視線を向けた。

以前言っていた教師役はどうやらこの人に決まったようだ。

もしかして実践の方はティーツさんが担当しているのだろうか。

イルが以前二人の事を話してくれた時の言葉が脳裏に浮かぶ。

『あの二人には入団してから相当泣かされ続けたが、おかげで鍛えられはしたな。尊敬もして
いるし、いまだに頭も上がらんが、また一から指導されたいかと聞かれたら……俺もベオーク

も出来れば断りたいと思うだろうな。指導力は確かだから結局は教わりに行くだろうが』

珍しく引き攣った顔のまま会話を続けていたイルの表情を思い出して、ヨウタさん、あっという間に強くなるのではないだろうか、なんて思う。

「それで、魔力の動かし方もなんとなくつかめてきたので高度魔法も覚えてみたくて。ツキナさんが持っていた結界玉が良いなって思ったんです。でも……」

「あれは城の人間に作れる奴がおらんのだ。試しに教本通りにやってはみたがうまくいかん。わしも練習していた期間はあるのだが、魔力が相当必要な事もあるし、コントロールも調整が難しい。結局今まで完成させる事はできなかった。そこで一度、ツキナさんが作っているところを見せてもらえないかと思ってな。わしも興味がある」

「お願いしても良いですかっ？」

「はい、私でよろしければ」

「やった！　ありがとうございます！」

ぱあぁっ、とヨウタさんが表情を晴らす……本当に太陽みたいな笑みを浮かべる人だ。

昨日の件で気づかう言葉をかけてくれたいつもの団員さんにお礼を言いつつ回復薬を預け、ヨウタさんとアンスルさんと一緒に本部の建物の中に入る事にした。

本部の奥まで入るのは初めてで、若干緊張しながら歩を進める。

建物の外観と同じくシンプルながら美しい造りをしている内部はいくつもの扉が等間隔で並

んでおり、そのうちの一つの扉をアンスルさんが開けてくれた。

中にはテーブルと複数の椅子、本棚があり、高級そうで清潔な赤い絨毯が敷かれている。

おそらく応接室のような役割の部屋なのだろう。

勧められるまま腰掛けて、コーヒーを持って来てくれた団員さんにお礼の言葉を告げる。

最近飲むコーヒーは自分で淹れるかイルが淹れてくれるかのどちらかなので、他の人が淹れてくれた物を飲むのは久しぶりだった。

自分で作る自分好みの物はもちろん美味しいけれど、誰かに作ってもらった食事や飲み物はまた別の美味しさがあって好きだ。

材料になる硝子玉が届くまでの間、遠慮なくご馳走になる事にした。

ヨウタさんはコーヒーに口をつけながら魔法の教本を捲って結界玉のページを開いているし、アンスルさんは横から軽く説明を入れている。

あの本は私が初めて結界玉の事を知った時に作り方を調べた本と同じだ。

それなら同じ救世主のヨウタさんも作れるようになるかもしれない。

魔力の量に関しては私もヨウタさんも問題無いのだから。

「お待たせしました、硝子玉です。一応ですが水晶や宝石なども入れてありますので」

「ありがとうございます」

「硝子玉以外でも出来るんですか？」

「材料になる物質が固ければ固いほどやりやすいと言うか、強い呪文を籠めやすく感じますね。作り始めたばかりの頃に高度な結界魔法を詰め込めるだけ詰め込もうとして、硝子玉を割ってしまった事があって。でも同じ魔法を固めの宝石に込めると割れる事なく結界玉になりましたので……まあ、その分値段が跳ね上がってしまいますけど」

「確かに硝子玉と宝石では材料費が相当変わるのう。ツキナさんの結界玉は高度な結界魔法が硝子玉に入っているから本当に助かっておる。硝子玉だとしても破格の値段じゃが」

「騎士団の方々にはそれ以上に助けて頂いていますから。私みたいに戦う術がない人間にとっては本当にありがたいです」

私たちの話を聞いていたヨウタさんがぐっと手を握り締めたのに気が付いて彼の方を見る。

その表情はワクワクしているようにも、自分を奮い立たせているようにも見えた。

「俺も色々な魔法を覚えてこの世界の平和を守ります。救世主ですから！　まずは結界玉が作れるように頑張ります」

「ありがとうございます、ヨウタ殿。わしも出来うる限り力を貸しましょうぞ」

「私もこうして魔法を見せる事しか出来ませんが、応援していますね」

「はい！」

笑顔を崩さないヨウタさんにさっそくですが、と切り出されて硝子玉を手に取る。

初めて作ってイルに渡した結界玉は、中に込めた結界呪文は一つだけだった。

けれど今はいくつかの呪文を重ねて中に封じ込める様にしている。

この呪文たちを咄嗟の時に使えるくらいの度胸が私にあれば、きっと色々と変わってはいたのだろうけれど。

硝子玉を膝の上に置いて、まずは右手に結界呪文の魔法陣を浮かび上がらせる。

淡いブルーの魔法陣が手のひらの上に浮かび上がり、そのまま発動する事なく保たれた。

魔力を集め魔法を構築、その魔力を解き放つようなイメージで放出すれば魔法は発動する。

これは無理やり力を込めて魔力を留めている状態だ。

「ほう、やはりツキナさんは魔力のコントロールが上手いな。使い方が器用じゃ」

「発動前の状態で保つのってこんな感じなんですね」

「魔力を込めて無理やり押さえつけている感じですね。この結界呪文だけを詰めるのであればすぐに硝子玉に入れてしまえばいいので、この工程は一瞬保つだけで良いんですけど」

致命傷になった傷を回復し、敵の攻撃を反射する効果がある結界。

初めて作った時よりもたくさんの魔法を覚えた今は結界も強固になっているが、騎士団の方々に渡している結界玉やイルのブローチに込めた結界はさらに効果を上げるためにもう一つ呪文を込めている。

右手の呪文を保ったまま、左手で回復効果のある結界の魔法を発動させる。

こちらも発動前に止めれば、手のひらの上には薄い緑色の魔法陣が浮かんだ。

「同時に詰めておったのか！　別々の手で同時に高度魔法を扱うところを見るのはわしも初めてじゃ」

「すごい……」

この魔法、高度魔法なだけあってそれなりに集中力が必要だ。

私は強大な魔力と大魔法は貰ったけれど、その他の細々とした魔法はすべて自分で練習して身につけている。

これも上手く組み合わせるまでは何度か失敗して、硝子玉を割り続ける事になった。

両手をそっと近づけて魔法陣がゆっくりと同化していくのを見つめる。

魔法陣が混ざっていくのをイメージしながら、本当にゆっくりと魔法陣を崩さないように混ぜ合わせていく。

何度使っても魔法というものは奥が深くて楽しい。

読書や料理とはまた違った魅力があるので、新しい魔法を覚えるために勉強するのはまったく苦ではなかった。

青と緑の魔法陣がグラデーションを作りながら混ざり合った所でそっと膝に置いた硝子玉に近付けて、魔力で包みながら中に詰めていく。

前に座る二人が息を殺して注目しているのがわかった。

すうっ、と吸い込まれるように硝子玉の中に入った魔法陣と、硝子にヒビが入っていないかを確認すれば結界玉の作製は終わりだ。

「……こんな感じです」

「これを量産できるとは……凄まじいのう」

「あの俺、魔法陣の状態で保つところが出来なくて！　もう一回見せてもらっても良いですか？」

「わかりました」

先ほどとは少し変えて、右手で魔法を使ってから左手を上に添える。

魔法陣から魔法が発動しそうになるのを、左手の魔力で抑えるように押しとどめた。

「ああ、こうやって抑えているんですね。これを片手で、更に左右同時進行ですか？」

「そうですね。ただ魔力を解き放たない状態を保てるのなら、左手から放出している魔力は必要ないです。込める呪文も最初は結界呪文だけだったんですけど、致命傷になりえる大きな傷しか癒せなかったので、もう少し回復効果を上げたくて」

「それで回復呪文も重ね掛けしておるのか、それにしても……」

顎を押さえながら参謀さんがじっと私を見つめる。

察しの良い人だし救世主に関して何か気付かれただろうか。

私の救世主の証である刻印は後頭部の髪の毛の下なんていう、髪をかきあげても全体図が見えにくい位置にあるので、それを見られなければ確信は持てないはずだけれど。

見た事があるのはイルくらいだし、このまま隠し通すつもりではある。

「ツキナさんは魔力のコントロールが群を抜いておるな。結界玉の量産なんてなかなか出来る事ではないが、このコントロール力ならば納得できる」

「ありがとうございます。結界玉の量産のおかげで魔法のレベルも上がった気がしますね」

「そうじゃろうな。魔法というものは使えば使うほどより強く効果を増していく。二つの魔法を組み合わせて一つにする事も出来ておったし、ツキナさんならばそのうち新しい魔法も作製してしまいそうじゃな」

「新しい魔法の、作製……？」

イルも頭が上がらないというこの人に褒められて、嬉しいやら恥ずかしいやら。

彼の言う新しい魔法の作製という言葉も頭の中に残る。

そういえばイルが戦わずに魔法を作り出そうと研究中の人もいると言っていたっけ。

この世界に来てから今まで、私は教本通りの魔法しか使った事がない。

けれど……どうしても見つからず諦めていた自動で発動する結界魔法、結界玉のように致命傷を負ってからではなく敵の攻撃に自動的に反応して発動する結界魔法も、もしかしたら作れたりするのだろうか。

長年研究している人でも新しい魔法を作るのは難しそうだったが、少し考えて見ても良いのかもしれない。

「あの、俺も試してみても良いですか？」

「そうじゃな、だがツキナさんの様な二つ同時の魔法はまだ難しいじゃろうから、この間教えた結界呪文一つで試してみると良い」

「はい！」

浮かんだ考えは一度頭の隅に寄せて、さっそくやってみるというヨウタさんの手元を見つめる。

両手を水を汲むように合わせたヨウタさんが集中し、手のひらに魔法陣が構築され始めた。

ゆっくりと構築されていく魔法陣に初めて魔法を使った時の事を思い出す。

別の世界へ強制的に連れて来られたという事もあって、色々と思う所もあったあの時。

けれどそれでも魔法という以前の世界にない文化に触れ、それを自分で使う事が出来たという凄まじい高揚感は今でも覚えている。

今でこそあの時試した基礎中の基礎の魔法は簡単に使う事が出来ているけれど、新しく魔法を覚えた時の気持ちは変わらない。

ヨウタさんも同じように思っているのだろうか、私と同じ世界から来たという彼も。

「よし、この魔法を硝子玉に入れれば……」

しっかりと発動前の段階で止める事が出来ている彼の魔法陣は、私の物と比べてずいぶんと濃く空中に浮き出ている。

そして何と言うか、彼が慣れていないせいかフルフルと震えているように見えた。

アンスルさんが止めないので大丈夫なのだとは思うが、少し気になってじっと見つめる。

魔法陣は硝子玉へ近づけられ、すうっ、と中に吸い込まれた。

「やった！　出来た……っ？」

ヨウタさんが歓声を上げたと同時に、ピシッと音を立てて硝子玉にヒビが入った。

私が慌てて硝子玉を包むように結界を張れば、その結界の中で硝子玉が勢いよく砕け散る。

結界にビシビシと当たる硝子片は、包まれている事で飛び散る事も持っていたヨウタさんの手を傷つける事もなく、結界の中にパラパラと落ちる事になった。

その光景を呆然と見つめていたヨウタさんがハッとしたように顔を上げる。

「す、すみませんツキナさん。ありがとうございます」

「いいえ、大丈夫ですか？」

「はい、おかげさまで怪我一つないです」

こんな風に魔物に襲われた時に咄嗟に結界魔法を使えれば何も問題がないのに。

命の危機に陥ると固まってしまう自分の体と頭が恨めしい。

動かない頭では魔法を組み立てる事が出来ないので、いくら魔力があって魔法を覚えていても使えないのが空しいところだ。

ゲームでいう混乱状態、もしくは魔法封印状態になっているのと同じなのだろう。

ヨウタさんが硝子玉を結界ごとテーブルの上に置いたのを見て、魔法を解除する。

「失敗ですね。割れちゃいました」

「私もこんな風に勢いよく割れたのは初めて見ました。私が失敗した時はヒビがゆっくり広がっていって、最終的に真っ二つになったので」

「え、そうなんですか？　どうしてだろう？」

「魔力の差じゃろうな」

答えてくれたのは硝子玉の欠片を手に持ってじっと見つめていたアンスルさんだった。顎に手を当てて割れた硝子を様々な角度から覗き込んでいる。

「ヨウタ殿は救世主という事で魔力が高い。魔法陣の段階で発動しないぎりぎりの状態にしか抑え込めていなかったのじゃろう。結界玉は結界呪文を硝子玉に入れる工程が一番難しい。上手く抑え込めない魔法陣では硝子玉に入れた瞬間に破裂してしまう」

「そう、なんですか。もっと抑え込めば成功しますかね」

「……ツキナさんの魔法陣と比べると、ヨウタ殿の魔法陣はずいぶんと濃かった。これは魔力量の差じゃな。つまりツキナさん以上のコントロール力を身につけなければ結界玉の習得は難しいという事になるのう」

魔法陣の色の差はそういう事か、と納得しながら、おそらく魔法陣が震えていたのも抑え込めていなかったからなのだろうと当たりをつける。

それにしても魔力の差？

アンスルさんの魔法に関しての知識はこの国一番とも言って良いらしい。

その彼が言うのだから私とヨウタさんの魔力量に差があるのは間違いないと思う。

アンスルさんには救世主であるヨウタさんと一般人の私の魔力の差は当然に見えるだろう。

アンスルさんに色々と質問をしているヨウタさんの横顔を見つめる。

私も彼も同じ救世主という立場、けれど彼の方が私よりもずっと高い魔力を持っている事は間違いない。

彼が来てくれたおかげで高度魔法を使っても疑われにくくはなっただろう。

私の魔力が高い事は知られているが、それが一般人の枠を超えるものだという事は知られていない。

私が攻撃魔法がからっきしな事もあるだろうが、今の私の評価はこの世界の人たちの中では優秀、その程度のものだ。

救世主と同程度の魔力があるとは思われていない。

だがこれでもしも私の魔力の高さが露見しても、その上を行くヨウタさんが救世主として存在している事で疑われる可能性はぐっと減った事になる。

救世主である事を気付かれたくはないが魔法はこのまま使い続けたい私にはありがたい。

心の中でだけヨウタさんにお礼を言って、真剣にメモを取っている彼を見つめる。

その彼がパッと顔を上げて私を見た。

「あの、すみません。実はいくつか上手く出来ない魔法があって。もしその中にツキナさんが使える魔法があれば一度見せてもらえませんか？」

「え、あ、はい。大丈夫です。ただ、私攻撃魔法はまったく才能がないので結界や回復系の魔法しか使えませんけど。後は日常生活で使う魔法ですね」

「ツキナさんは日常の細かい魔法もうまく使いこなしておるからのう。しかもどれもしっかりと効果を出しながら余計な魔力を消費していない。結界玉や回復魔法が上手いのも納得出来る魔力コントロールじゃ。ヨウタ殿も学ぶ事が多いじゃろう」

「え、あ、ありがとうございます」

先ほどからすごく魔力コントロールについて褒められる。

もしかして魔法を使えるのが楽しすぎて日常で使える魔法を片っ端から試しては常に発動状態にしているせいだろうか？

イルも家の結界を張るようになってから魔力が少し上がって、更に今まで使えなかった複雑な魔法もいくつか使えるようになったと言っていたし。

何かを成功させるなら結局は継続が一番の近道だと聞いた事がある。

魔法も同じように日々使い続ける事が大切なのだと考えると、その辺りは前の世界と変わらないのかもしれない。

結局その後、彼にいくつか魔法を見せてから私は城を後にした。

今後もアイテム納品の際に時間がある時は魔法を教えてほしいという彼の要望を呑む形で。

アンスルさんもありがたいと言っていたし、この世界は救世主の魔法の勉強には協力的だ。

私は独学なのだが、主に魔法を見せるとか自分で使う時のコツを解説するくらいで良いと言われてしまえば、断るという選択は出来なかった。

ヨウタさんには命を助けてもらったし、その辺りの協力を惜しむつもりはないのだけれど。

その後ヨウタさんは部屋で教本を読み込むからと帰り、アンスルさんはイルに私がヨウタさんに魔法を教える事になった事は説明しておくと言って城門まで送ってくれた。

昨日は副団長であるベオークさんで今日はアンスルさん、ともに騎士団の重鎮の方だ。

家に帰ればイルが守ってくれるし、もう完全に騎士団の方には頭が上がらなくなってしまった気がする。


そうして予定よりも少し遅いが城を出てすぐに家に帰り、そのしばらく後に帰宅したイルと共に夕食を取り終えた時、彼が差し出したのは分厚い封筒だった。

疑問符を浮かべながら受け取った私に、イルが笑う。

「その、結婚式に関するカタログのようなものを貰って来たんだ。相手が俺である事で王族の方々も参加する事になるから式場は限られてしまうが、それでも数個の中から選べるし、ドレスのカタログもある。君と一緒に見ようと思ってな」

「えっ」

彼との結婚式はいまだに予定が立たない。

それほどまでに以前の救世主が起こした騒動の後始末は大変で、来年には挙げられればいいね、と言っているくらいだった。

具体的な話はもう少ししたら相談しようとお互いに決めていたので、婚約指輪をしている以外は式についての話はあまり進んでいない。

こういうカタログを見るのも実は初めてだった。

受け取った封筒がすごく特別なものに見えて、中に入っていた厚めのカタログ数冊をテーブルへと広げる。

イルの言う通り様々な外観が描かれた式場のカタログは少なめで、後はドレスや式で使う小物などのカタログの様だった。

カメラが無いこの世界ではこういうカタログはイラストになってしまうとはいえ、そういうもののリストを目にした事で一気に高まる現実感。

同棲生活が始まる時に感じた変化と同じ様に、彼と結婚するという変化が目に見えてきた気がして、それが嬉しくて思わず笑みが浮かんだ。

これから二人でその変化のための儀式に使うものを選ぶのだという幸せを噛みしめる。

幸福感で言葉が出て来ず、黙ったままカタログを見つめる私の横にイルが腰掛けた。

食後の定位置、いつも並んで座ってそれぞれ別の本を読む二人掛けのソファで、今日は二人で一冊のカタログを覗き込む。

「気に入ったか？」

「うん」

「良かった。一緒に軽く見てみよう」

そう言ったイルの表情はとても優しい笑顔で、でもいつもとは少し違って安堵の感情が見えた気がして……気が付いてしまった。

「イル、ありがとう」

「……ああ」

私が魔物に襲われた事、そして悩んでいる事。

一度目を見開いてから苦笑したイルはそういう事を察して、来年から本格的に決めようと言っていた話を先回りしてこれを貰ってきてくれたんだろう。

魔物が城内に入り込んだ事で仕事も増えただろうに、休憩時間などを使って急いでかき集めて来てくれたに違いない。

イルの肩に寄り掛かる様にして体を預け、まずは式場のカタログを手に取った。

「イルはどこが良い？」

「式場か。この辺りなら君好みの会場じゃないか？」

そう言ってイルが手に取ったカタログは、このブックカフェと似た外観の建物だった。

アンティーク調の建物は確かに私好みだが、結婚式は二人のものだ。

「確かに私好みではあるけど、イルはどこか希望は無いの？」

「俺の、か？」

「結局ドレスは私の好みが強く出ちゃうだろうし、その分、っていうのはちょっと違う気もするけど。でも私、式場はイルが挙げたい場所が良い。この国で生きて来たイルが選んだ場所が」

じっと私の顔を見たイルが一冊のカタログを手に取った。

先ほどイルが私好みだと言っていた建物とは違って、シンプルながら荘厳な印象を受ける、どこか騎士団の本部に似ている美しい建物。

「……ここは俺が騎士団に入った時の団長が式を挙げた場所なんだ。今は引退してしまったが、精神的にも身体的にも強い人だった。あの方には世話になりっぱなしだったな」

そう言ってカタログを見つめるイルの目は懐かしそうに細められている。

彼の口から直接過去の事を聞く機会は少ない。

未熟だった頃の話を君に聞かれるのは恥ずかしいからと、頼むから格好をつけさせてくれと、そう言ってなかなか話してくれないからだ。

もっともお店に来る騎士団の方々やベオークさんが色々と暴露していくのだけれど。

「あの人が式を挙げた日、隣に立つ女性を守っていくという覚悟を感じて、そしてその女性があの人を見る視線からも同じものを感じて、今まで以上にあの人を理想だと思う様になった。この場所なら、その覚悟を俺も今よりももっと強く持てる気がする」

カタログに目を落としたままのイルの横顔をじっと見つめる。

私はこの人が私にくれるものを返す事が出来ているだろうか。

私を支えて守ってくれる彼を、私も支えて守っていきたい。

「……へこんでる場合じゃないなあ」

「ん？」

「ううん……私もそこが良いな。見た目も騎士団の本部に似てて好きだし」

「そうか」

嬉しそうに笑うイルを見てひっそりと覚悟を決める。

イルがその団長さんの覚悟を受け継ぐというのなら、私はその女性の覚悟を受け継ごう。

お互いに守り合い支え合うと決めたという、彼らの意志を。

そのために出来る事を、今までの様に後ろ向きでは無くて前を向いて見つけていきたい。

「後はドレスか。おそらく何着か着替える事になると思うぞ」

「お色直しかあ、派手じゃない方が良いな。後は露出が少ないドレスが良い。こういうのときっといくつになってもウェディングドレスを選ぶのは楽しいのだろう。

生まれた世界の文化と同じ、大好きな人と永遠を誓うために着る真っ白なドレス。

年甲斐もなくワクワクして、自分が彼の隣でこれを着る日を夢に見る。

「ああ、シンプルだが良いデザインだな。その、ツキナ」

「なに？」

「一着、俺が選んでもいいか？」

「うん！　代わりにイルの衣装も一着私が選んでも良い？」

「ああ、もちろんだ」

式の時間帯によって着られるかどうかは変わるかもしれないが、イルの燕尾服姿が見たい、すごく見たい。

結局式場選びよりも相当時間をかけて衣装選びをする事になってしまった。

なぜかお互いがお互いの衣装を見続け、私は男性用の衣装のカタログばかりを見ていたし、イルはドレスのカタログばかりを見る事になって。

その事に気が付いたのはほとんど同時で、目を合わせて苦笑する。

そこでようやく二人で一冊ずつ同じカタログを開きながら、数着の衣装を選ぶ事が出来た。

式を挙げる時には細かい部分は変わってしまうだろうが、選ぶ指針にはなったと思う。

二人で選んだ場所で、二人で選んだ服を着て、そうしてまた私達の関係は変わっていく。

けれどこの人と一緒ならば幸せである事は間違いないと確信できる。

本来ならば出会うはずのなかった、別の世界で生まれ育って来た彼との出会いの奇跡を噛みしめて、確実に訪れるであろう式の日に思いを馳せた。

第五章　新しい挑戦

イルと結婚式の話をしてから数日が経過し、あの日から変に沈む事が無くなった私は魔物の騒動で忙しくなってしまったイルを見送った後、いつも通りお店を開けていた。

騎士団の方々も忙しくなってしまったらしく、最近は来店の頻度が落ちている。

みんなに会う事が出来るのはアイテムの配達をした時だけで、最近は配達後ヨウタさんに魔法を見せつつ雑談する時間も出来た。

数度結界玉の練習をしているのだが、相変わらず凄まじい勢いで割れてしまうのが彼の魔力の量を示しているようで……私の魔力も初めに大魔法を貰った事でその分上がっているはずだし魔法を使い続けている分も加算されているはずなのだけれど、ヨウタさんの魔力の量には驚くばかりだ。

救世主ごとに基礎の魔力は異なるのか疑問に思ったが、まさかこんな質問をするために三つの願いを使う訳にもいかない。

あの神様の事だからそのうち来るだろうし、その時に聞けばいいと思っている。

誰もお店に来ない日が久しぶりに続き、この世界に来てからの数か月を懐かしく思い出していると、頭の中で来客を告げる音楽が鳴り響いた。

「いらっしゃいませ」

「こんにちは、お久しぶり。やっと来られたよ」

「ああ！　こんにちは」

扉を開けて入って来たのは、以前来店してくれたブランさんだった。

フードの下から出てきた顔は相変わらず綺麗で、性別の判断が付かないのも変わらない。

以前と同じテーブルを選んで座ったブランさんは笑みを浮かべて店内を見回している。

本棚から本棚へ、時折止まってじっと見つめているのは気になる本があったからだろう。

取り置きしていた本を取り出してテーブルへと向かうと、ブランさんはメニューを開いているところだった。

「こちら、お預かりしていた本になります」

「ありがとう、注文いいかい？」

「はい、何になさいますか？」

「オムライスとシチュー、それとこの間と同じサンドイッチ、後はフライの盛り合わせと……ああ、このパスタも欲しいな。デザートは後から考えるよ」

メニューを開いたばかりだというのに、ブランさんは迷う事なくメニューを指さしていく。

……多すぎやしないだろうか？

後から友人でも来るのだろうかとも思ったが、そんな様子はない。

フライの盛り合わせは三人前はあるのだけれど、これ全部一人で食べるつもりだろうか。

「飲み物は……コーヒーも紅茶と同じ様におかわり自由かい？」

「はい、同じように魔法のポットを使用してお出ししています」

「そっか、じゃあ今日はコーヒーで」

「畏まりました。少々お待ちください」

ふふ、とブランさんが笑う。

「この前来た時に食べたサンドイッチが美味しかったから、次に来る時はしっかり食べたいと思っていたんだ。お店に来られない間も食べるのが楽しみでさ」

「ありがとうございます、気に入っていただけて嬉しいです」

料理を褒められる事、読みたかった本が見つかったと言われる事、同じ本の話題で楽しく話せる事、全部本当に嬉しいと思う。

ずっと夢だったブックカフェ、まさか別の世界で開く事になるなんて想像もしていなかったけれど、夢が叶ったからこそ今はこの仕事を心底楽しめていた。

注文の料理が結構な量なので、キッチンに戻ってさっそく調理を始める事にする。

パスタを茹でてシチューの具材を煮込み、フライを揚げつつサンドイッチとオムライスの具材を切って……お客様が一人とは思えない忙しさだ。

騎士団の方々が三人くらい同時に訪れた時と同じくらいに忙しい。

それでもカフェに人が来るようになってから慣れた事もあり、自分にとっては最適な手順で料理を進めていく。

完成したサンドイッチとコーヒーをお盆にのせ、シチューの上に牛乳を一周させた。

フライも油が切れた先から盛り付け、ソースに絡めたパスタをトングを使ってくるりと巻いた状態でお皿に盛り付ける。

最後にチキンライスの上にふわふわに焼いた卵を載せた。

よし、と小さく呟いて、今日はお盆を両肩の辺りに浮かせつつ、手にも一枚持ってブランさんのテーブルへと向かう。

「失礼します、お待たせしました」

「え、ああ、ありがとう」

驚いたようにこちらを見たブランさんは本の世界に入り込んでいたらしい。

浮遊するお盆をじっと見つめられている事が少し気になったが、出来上がった料理をテーブルへと並べていく。

最後に置いたオムライスの卵にナイフをスッと走らせれば、とろとろの卵がふわりとチキンライスの上に重なる。

牛肉と野菜をじっくり煮込むところから作ったデミグラスソースを掛ければ完成だ。

わ、と上がる声が嬉しい。

「ごゆっくりどうぞ」

「ありがとう、楽しみにしていた甲斐があるよ」

食事に手をつけ始めたブランさんは、一口食べてから笑みを深めて食べ進め始めた。

あの細い体のどこに入っていくんだろう？

そんな疑問が浮かぶほどに、手を止める事なく食事が口に運ばれていく。

食べ方は上品なので不快感は無く、ただただ気持ちが良い食べっぷりだ。

そうして一人で食べるには多すぎるくらいの、テーブルの上で山になっていた料理は三十分も経たない内に無くなっていた。

すごいな、なんて思いながら空になったお皿を下げる。

そのままお皿を洗っていると、本を抱えたままブランさんが歩み寄ってきた。

「ちょっといい？　この本なんだけど、同じ作者で短編集が出てるんだ。なかなか見つからなくて、もしかしてここにないかなって思ったんだけど」

「ああ、その本でしたらお店に置いてありますね。ただ、今は他の方が取り置きされていて。後少しで読み終わるところまでいっていますので一週間もすればお店に出ると思いますけど」

「本当かい！　良かった、一生読めない覚悟を決めていたんだ。まさか行商先で出会えるとは思わなかったよ。この作者の独特の言い回しがすごく好きでね、とにかく読みたくてたまらなかったんだ」

「確かに。この作者さんの文章、一文一文の表現がまるで謎解きみたいで、つい真剣に読み込

んでしまいますよね」

「読むだけでも頭を使うからね。それが面白くてつい何度も読み返してしまうんだ。それでも
この短編集だけは手に入る気がしなかったから、諦められないけど諦めるしかないと思ってい
たんだけど」

「でしたら返却された時に取り置いておきますか？　カウンター内で預かっておけば別の方に
借りられる事もないと思いますし」

「良いのかい？　お願いするよ。この国にいる間はなるべく通わせてもらう予定だから」

「お待ちしていますね」

笑った声が二つ揃って店内に響く。

なんだか新鮮な気分だ。

お城の人でも町の人でも無い相手と、本について語り合う時間が楽しい。

「栞で知っているとは思うけど、ブランって言うんだ。よろしく」

「店主のツキナです。よろしくお願いしますね、ええと、ブランさん」

少し悩んだが、家名を知らないので名前の方で呼んでみる。

笑顔が返ってきたので特に問題はないだろう。

「あ、それとデザートの注文いいかい？」

「え……あ、はい。畏まりました」

燃費が悪くてね、とブランさんが苦笑いする。

頼まれたデザートは女性ならばこれだけで昼食になってしまうほどのボリュームがあるパンケーキ。

……これだけ食べてこんなに細いのが本当に羨ましい。

準備をする私に、カウンター席に腰掛けたブランさんが続けて話しかけて来る。

騎士団の方々ともこうして話す事があるので、ブランさんとも会話を続ける事にした。

「一度仕入れのために国にいる同業者に連絡をしたのだけれど、二人の救世主の噂が以前よりも相当広がっていたよ」

「そうなんですか？」

「うん。新しく来た救世主様は小さな事でも困っている人がいたら手を差し伸べてくれるような優しい人だ、とか。結界を張った救世主様もオセル以外に移動した形跡が無いから今もこの国にいるんだろう、とかね」

くすくすと笑うブランさんは、行商で来ているだけあって様々な国を回っているらしい。

私の知らないこの世界の国々で私の事が噂されているというのはなんだか不思議な感じだ。

「前に来た時は何で名乗らないんだろうと思っていたけれど、結局名乗ろうが名乗るまいがこの大魔法の結界はオセルに存在していて、救世主様もこの国にいる可能性が高い。名乗るまでもなく二人の救世主の存在がこの国を守っているんだ。今この国はどの国よりも安全だし、私達商売人にとっては本当にありがたいよ」

「………」

そうか、私は名乗らなくても一応オセルの役には立てているのか。

何だか安心してしまって、安堵から肩の力が抜ける。

イルや騎士団の方々から自分について聞く事はあっても、こうして外から見た自分の事を聞ける事は少ない。

より客観的な視点から見た自分の評価を知る事が出来て、本当に良かったと思う。

「でもこの国の外は魔物に襲われる可能性があるんですよね。行商中は大変でしょう？」

「そうだね、でも私は自分の身と荷物くらいは守れるくらいには鍛えているから。私は火の魔法が得意なんだ。直接魔物に当てなくても……例えば魔物の足元に打つ事が出来れば魔物は体勢を崩してくれるからね。その間に距離を取っても良いし追撃をしても良い」

「色々と戦い方ってあるんですね」

「……ふふ、そうだね」

どこか愉快そうに笑ったブランさんはそれからがっつりとデザートを平らげ、持ち帰りも可能と知って数品の料理をテイクアウトして帰って行った。

そうしてブランさんはその言葉通り、それから何度もお店を訪れてくれる事になる。

お店ではブランさんと話し、騎士団に配達に行けばヨウタさんに魔法を見せる日々が続く。

気が付けばそれなりに時間が経過し、この二人とも仲が良くなってきた気がする。

ヨウタさんと関わるようになって感じるのは、本当に人助けが好きなんだな、という事だ。

眩しいほどの光のオーラを纏っているようなイメージを受ける人。

城へ来た際に出会えば私の配達用の荷物を持ってくれるし、メイドさんの洗濯物を一緒に運んでいたり、庭師の人と草むしりをしている事もある。

手伝っている時の彼が常に満面の笑みを浮かべている事もあり、相変わらず評判は良い。

配達の荷物を運ぶのを手伝ってくれている間も、色々な人から笑顔で声を掛けられていた。

「あ、ヨウタさん。この間はありがとうございました」

「この間手伝っていただいた花壇の魔法、成功したみたいでつぼみが出来ていますよ」

「ヨウタさーん、この後鍛錬に行くんですけど一緒にどうですか？」

掛けられる言葉全てに、笑顔を返すヨウタさん。

一つ一つはほんの些細な手助け、それでも誰かの助けになっている事に変わりはない。

そんな努力に彼の人好きする性格も加わったために、お城の人達は彼を好いている。

私も含めてだが、城内の人達はみんな彼を名前で呼んでいた。

他ならぬ本人から、皆さんともっと仲良くしたいからと強く請われたためだ。

そしてその本人も大人数であるお城の人達の名前をほとんど覚え、許可を得た人は名前で呼んでいる。

休日に町に出た時にも人助けをしている彼は、町でも城でもすごく評判が良い。

イルと一緒に町に買いものに行った時、お店のおばあさんがヨウタさんに助けてもらったと嬉しそうに話してくれる事もあった。

そんな事を思い出しながらアイテム配達のために城へと向かう。

魔物が出てからはずっと城の前まで直行、城を出てからも店の前まで直帰だ。

今の私では魔物が出たとしても以前と同じ様に反応が出来ない事はわかりきっている。

これが今、私に出来る最善の対策だった。

一定間隔で城中に立っている兵士さん達に挨拶しながら、今日も無事に騎士団の本部へとたどり着き、門の中へと入る。

そして前方にヨウタさんを見つけたと同時に彼も私の方へ振り返って笑みを浮かべた。

彼はいつも真剣に魔法のコツを聞いてくるのでこちらも真剣に返事をしていたのだが、私がしたアドバイスでいくつかの魔法が成功したためか、なんだか懐かれてしまったようだ。

笑顔で手を振ってこちらへ駆けて来るヨウタさんを見て、駆け寄ってくる大型犬をイメージしてしまったのは秘密にしておこう。

今まで彼と話していた騎士団の方々も吹き出して笑ったりしているので、きっと同じように感じてはいるのだろうけれど。

小さく手を振り返した所で、ヨウタさんがこちらに走り寄ってきながら口を開く。

「姉ちゃんっ、あのさっ……」

彼の声は大きく、そしてよく通る。

騎士団本部にはたくさんの人がいるにもかかわらず、しん、と周囲が静まり返った。

近くにいた人達の視線が彼に集中し、言った本人も自分の発言に気が付いて固まっている。

沈黙から最初に回復したのはやはり本人で、顔を真っ赤に染めて頬を押さえ、その場にしゃがみ込んでしまった。

ああ、これはあれだ。

勢い余って先生に向かってお母さん、とか呼び掛けてしまうあれ。

誤魔化そうが認めようが、からかわれる事必須の。

吹き出すように笑い出したのはよくヨウタさんと鍛錬をしている若い団員達だった。

彼らはすでにお互いを呼び捨てで呼び合うほど仲良くなっており、休み時間の学生のような感じでじゃれあっているのを見かけたりもする。

そんな彼らなのでもちろん遠慮なんてなく、ヨウタさんを見て更に大きな声で笑い始めた。

「お、おまっ、ツキナさんに向かって姉ちゃんとかっ……ははっ！」

「せめてお姉さん、とかだろ！　姉ちゃんって、身内か！」

「ああもう、うるさいぞお前ら！」

爆笑というのがぴったりくる様子で笑い続ける若い団員達と、真っ赤な顔で食って掛かるヨウタさん。

若者達の楽しそうな交流に、周囲で見ていた年配の団員達の表情が微笑ましそうなものに変わる。

笑いごとに出来ないのは本人だけだ。

「ツキナさんすみません！　わざとじゃなくてっ」

「だ、大丈夫ですよ。そんな頭なんて下げなくていいので！」

「いえ、本当に申し訳ないです！　その、ツキナさんが家の一番上の姉と雰囲気が似てて」

早口で話し続けるヨウタさんの姉、という言葉で一瞬固まってしまった。

そうか、彼は私と違って天涯孤独だったわけじゃない。

家族がいて、おそらく友人も多く、あの世界に大切なものが多い人だ。

それなのに彼は強制的に連れて来られたであろうこの世界で、救世主として嫌な顔一つせず勉強を続けながら人を助けている。

「……ヨウタさんは、すごいですね」

「えっ？」

話し続けていたヨウタさんに私の言葉は聞こえなかった様だ。

こんな人もいるのか、以前いた救世主の女の子とも、そして私とも違う考え方を持つ人。

沸きだした尊敬の気持ちに従って彼に笑いかける。

……本当に、出来ない出来ないと下を向いている場合じゃなかったな。

この前思いついた事、そして今私に出来る事。

頑張ってみよう、彼を見ていて素直にそう思えた。

最近は色々な人に前を向かせてもらって、背中を押してもらっている気がする。

そうこうしている内に若い団員達は泊りがけの任務があるからと手を振り本部を出ていく。

出ていく直前にとどめと言わんばかりにヨウタさんをからかっていったが、彼らもヨウタさんも楽しそうに笑っていたのでこれも友人同士のじゃれ合いなのだろう。

任務に行く彼らを見送りながら、持って来たアイテムを係の団員に手渡した。

そうしていつも通り、ヨウタさんに頼まれて本部の建物に足を踏み入れる。

結界玉が諦められないらしく、もう一度見せてほしいとの事。

これからアンスルさんも来てくれるらしい。

こんな風に参謀さんを待つ間にヨウタさんと二人で雑談をする事が最近増えてきたので、今日もなんとなく話し続ける。

「そういえば町の雑貨屋さんのおばあちゃんが、ヨウタさんに助けてもらったって嬉しそうに話していましたよ」

「あ、覚えてます！　荷車が雪につっこんでいたので引っ張り出す手伝いをしました」

「ヨウタさんの評判は町でも城でも沢山聞きますよ。助けてもらった、ありがたい、って」

「あはは、救世主としての活躍というよりはちょっとした手助けって感じの事しか出来ていませんけどね」

「そんな事ないですよ。少なくとも誰かが助かったって思っているんですから」

照れくさそうに頰をかいたヨウタさんが、何かを思い出すように視線を遠くに向ける。

「俺、ヒーローになりたかったんです」

「ヒーロー？」

「小さい頃テレビで、えっとお芝居を画面で見るような、あー画面っていうのは、その……」

「……動く絵が見られるって事ですか？」

「あ、はい、そうです！　すみません、元の世界にしかないものの説明って難しくて。説明しようとするとまた別の言葉の説明が必要、みたいな感じになっちゃうんですよね。ツキナさんみたいにすぐにわかってくれる人はなかなかいなくて」

「あ、はは……」

私もイルとの会話で説明のための説明のための説明……なんて事になる時が良くあった。最近はこの世界に馴染んできた事もあってめったに起こらないが、同棲を始めてからしばらくは結構な頻度で起こっていた気がする。

「子どもの頃、それで見たヒーローに憧れていたんです。困っている人を助けて笑顔を貰うって事にすごく憧れがあって。俺もそのヒーローみたいになりたいって。子ども向けの創作なので、大人になった今は少し恥ずかしさもありますが。ただその憧れから始めた武術系の習い事は今役に立っていますね。それで、ちょっと恥ずかしいですけど大人になってからもそう思っていました。だからここに救世主として来た時は嬉しかった。ずっと憧れていた、ずっと夢に見ていた事が出来るって」

そう語る彼の瞳はキラキラと輝き、嬉しいという感情が溢れているように見える。

「さっき姉がいるって言ったでしょう？　俺、姉が二人いるんですけど一番上の姉とは年齢が離れていて、その分喧嘩も無く可愛がってもらってました。俺がわからない事を聞きに行くのは大体姉のところでしたし、なにか不安があると聞いてくれるのも姉でしたね。それもあってさっきツキナさんを姉ちゃん呼びしちゃったんですけど」

苦笑いしているヨウタさんは先ほどの事を思い出したのか、どこか気まずそうだ。

「正直な話、自分の知らない世界へ来た事への不安はあったんです。ただ、ツキナさんの雰囲気が姉と似ていたので話していると何となく落ち着く気がして。なんかすみません」

「……いえ、家族と離れて一人で別世界に来たんですから、不安なのは当たり前ですよ。それに、ちょっと失礼かもしれませんが、私兄弟はいなかったのでヨウタさんを見てると弟ってこんな感じなのかなって思いますし」

「そ、うですか。嬉しいです！」

弟っぽいな、と思った事があるのは本心だ。

弟だとしても年は離れているのだが、笑顔で駆け寄ってくるところを見ると兄弟がいるとこんな感じなのかな、と思う事はあった。

私の言葉に驚いた後、照れたように笑ったヨウタさんが軽く咳払いしてから口を開く。

「それでその姉が警察官、ええと、騎士団に似た仕事ですね。それも結構現場に出る事の多い部署で、色々な所で人を助けていたんです。姉は俺にとって憧れでした。ヒーローになりたい、姉の様になりたい、そう思っていたんです」

だから、とヨウタさんが照れたように笑う。

「ツキナさんを助けた時に笑顔でお礼を言ってもらえて、やっぱり俺のやりたかった事はこれだ！　って思ったんです。誰かの助けになりたくて、ヒーローになりたい。この世界なら夢が叶えられる。俺、絶対にこの世界の救世主になってみせますよ」

「……あの時は本当に助かりました。私も応援しますね」

「はい、ありがとうございます！」

またしても光のオーラ全開で笑う彼にちょっと気圧されつつも、すごい人だなと何度目かの同じ感想を抱いた。

誰かの為になる事を全力で出来るという時点ですごい才能だなと思うし、それを心の底から望んで出来る人は珍しいんじゃないだろうか。

「あ、俺、師匠が来る前に教本取ってきますね。すみません」

そう言って部屋を出ていったヨウタさんを見送る。

誰かを助けたい、救世主になりたい、そう言いながらコツコツと人を助け続けている彼。

「……大人として負けていられないよね」

そう小さく呟いた所で部屋の扉が開く。

流石に戻って来るには早すぎると思ったのだが、入って来たのはアンスルさんだった。

「おおツキナさん、こんにちは。おや、ヨウタ殿は？」

「こんにちは。教本を持ってくるらしいですよ」

「なるほど」

納得したアンスルさんが私の正面にある椅子に腰掛ける。

そうだ、この人ならば私が今やりたい事について詳しいかもしれない。

騎士団の重鎮であるこの人に聞くのはありなのだろうか、と思いつつも聞いてみるだけならタダだし、と口を開く。

「あの、すみません」

「ん？」

「以前、私なら新しい魔法を作れるかもしれないとおっしゃっていましたよね」

「……ほう」

　ギラリ、と彼の目が光った気がした。

　組んだ手の上に顎を乗せて、真っすぐに、そして興味深そうにこちらを見つめる視線が少し居心地悪く感じる。

「魔法の作製に興味があるのかね？」

「そう、ですね。出来るかどうかはわかりませんが……」

「出来る出来ないは後じゃ！　興味があるのだね？」

「は、はい！」

　いきなり大きな声でそう言われて、反射的に背筋を伸ばして答えを返す。

　私の返事を聞いた彼が嬉しそうに笑う。

「すまんのう、この年になると何かに挑戦する若者は鍛えてやりたくなるんじゃ」

「わ、若者って」

「十分に若いじゃろうが。わしから見ればツキナさんもヨウタ殿もそう変わらん。それに挑戦するという事に年齢は関係ない。わしとてヨウタ殿を指導する傍らで自分も結界玉の魔法を成功できないか何度も挑戦しておる」

「え、そうなんですか？」

「うむ、つまりツキナさんがヨウタ殿に魔法を見せている事は、わしにとっても成功のチャンスだという事じゃ」

にやりと笑う彼の目はらんらんと輝いていて、この人に頭が上がらないというイルの台詞に心底納得してしまった。

研究者気質の方なのだろう、生きている間はずっと何かに挑戦し続けていそうだ。

「新しい魔法の作製は一筋縄ではいかん。ただそれの大きな障害である魔力量とコントロールに関してはツキナさんならば何の問題もない。必要なのは知識じゃ」

「知識、ですか？」

「ツキナさんほどの読書家ならば教本を読み込むのは苦では無いじゃろう」

そう言って立ち上がった彼が、部屋の隅にある本棚へと向かう。

そこから数冊の分厚い本を選んで取り出し、私の前へと置いた。

「これは魔法の基礎教本じゃ。ただ基礎と言っても普段わしらが読む魔法の使い方が書いてある本ではない。例えば初歩的なそよ風を起こす魔法、その風を起こすためにはどうするのか、魔力をどう練り上げるのか、魔力以外に必要な要素は何か……もっと簡単に言うと風とは何か、どうして起きるのか、そういった世界を構築する要素の知識が書かれておる」

物理学的な何かだろうか、ただ前の世界とは違って魔法がある前提のものだけれど。

「普段はなんとなくの感覚で練り上げている魔力も、この基礎を理解すると更に適切な使い方がわかる。すべての基礎を理解し、組み合わせ、そして新たな効果を発見する事で新しい魔法は生成される事になるんじゃ。魔法を生み出すには世界を知る事が必須という訳じゃな」

「世界を、知る……」

「ツキナさんはなんとなくで使っている魔法でも効果が高い。だがこの基礎を理解できれば、その効果はもっと跳ね上がる事になる。それだけでも勉強してみる価値はあると思うぞ。ここの本は関係者ならば貸し出す事が出来る。ツキナさんは騎士団との繋がりもあるし、わしが許可を出そう」

「え……良いんですか？」

「かまわん、新しい魔法の発見はオセルの人間、いや、世界中の魔法にかかわる人間にとっても喜ばしい事じゃ。わしも一度でいいから新しい魔法が生み出される瞬間というものを見てみたいと思っておるしの。わからない事があったら聞きに来ると良い。その代わり結界玉の指導はこれからも見させてもらうがな。それと、わしは厳しいぞ」

「はい！　ありがとうございます！」

「ああ。それと出来ればカフェのデザートのメニューを増やしてくれ。甘いものが良いのう」

「は、はは、わかりました。新メニューも考えておきます」

またティーツさんの顔が引き攣るだろうな、カフェで山積みになったデザートを平らげていくアンスルさんの顔を思い出して苦笑いが浮かんだ。

手渡された教本を胸の前でぎゅっと抱える。

私にもできるかもしれない、新しい事。

この世界の人が喜ぶという、新しい魔法の発見。

魔法の勉強は好きだ、だからこの教本を読みこむ事もきっと楽しいだろう。

「ソウェイルの小僧に聞いてもいいぞ。あいつにも基礎は叩き込んだからな」

「こ、小僧？」

「あいつにもベオークにも叩き込んだんじゃ。基礎中の基礎部分だけじゃが、まさか忘れてはおるまい。忘れていたらまたみっちり叩き込んでやらねばならんからな」

高らかに笑う彼はとても楽しそうで……イル、それにベオークさんも大丈夫だろうか？

私と一緒に必死に教本を覗き込む羽目にならないと良いけれど。


そしてそんな私の予想は、帰宅後に今日の出来事をイルに話した時に的中する事になった。

「……アンスル殿が、なんと？」

「え、だから魔法の基礎知識について、わからない事があったらイルに聞けって。結構難しい話だよね。世界とは何か、みたいな話になってくるし。生まれた世界の事でもそこまでわからないのに、まさかこの世界でそんな深い部分を勉強する事になるなんて思わなかったよ」

いつも通り、夕食後に二人掛けのソファに並んで座ってのくつろぎタイムだというのに、イルの顔は少し青くなって引き攣ったままだ。

もしかして、覚えてないのだろうか？

「イ、イル、もしも覚えてなければベオークさん共々またみっちり仕込んでやるってアンスルさんが言ってたけど、大丈夫？」

「一応、理解はしている。だが細かい部分を説明しろと言われたら不安が残るな……いや、無理だ。もう感覚として覚えているから、詳しく説明しろと言われても言葉が出てこない」

イルの視線が私の前に広げられた数冊の本へと移動する。

その内の一冊を手に取ったイルが、少し悩んでから私の顔を見た。

「新しい魔法を作ってみたいのか？」

「うん。ほら、私は戦いなんて無かった世界に慣れ過ぎてるから咄嗟の時に魔法を使ったりできないんだよね。体も頭も固まっちゃって使い物にならなくて。だから結界玉と同じ様に自動的に、でも致命傷を負ったら発動するんじゃなくて攻撃を受けたら発動する様な魔法が作れないかなって思ったんだ。ずっと探してたんだけど、そういう魔法は見つからなくて」

「そうだな、攻撃に反応して結界が作られる魔法は俺も結界玉しか知らない。君が勉強したいというなら俺も協力しよう。代わりにこの一冊をちょっと借りてもいいか？　一度読んだら思い出す……はずだ」

またあの方に指導されるのは避けたいとため息を吐いたイルに思わず笑ってしまった。

どうやらベオークさんにも声を掛けるつもりらしいが、二人と一緒にアンスルさんから指導されるのも楽しそうだな、なんて思う。

イルとベオークさんにとってはたまったものではないだろうが。

「君がここしばらく悩んでいたのはこの件も含めてだったのか？」

「ううん、新しい魔法の作成についてはアンスルさんがポロッと口にするまでは思いつきもしなかったよ」

横に座るイルの胸に頭をくっつけるように寄り掛かる。

ずっと悩んでいたが、ようやくすべてがすっきりしたような気分だ。

「私、自分は戦いの無い世界から来たから、戦えないのは当たり前だって思ってた。でも同じ世界から来たはずのヨウタさんは戦えて、それに救世主っていう事も公表してるからオセルの防衛に一役買っているでしょう？」

「まあ、そうだな」

「少し前にお店に行商の人が来たんだけど、その人が言ってたんだ。どうして大魔法で結界を張った救世主は名乗り出ないんだろう、って。名乗り出ただけでも大魔法が使える救世主がいるって事でオセルはより攻められにくくなるのに、って」

静かに私の話を聞いてくれるイルに更に体重をかけて寄り掛かる。

体格差があるせいか、包まれている様ですごく落ち着く。

「私は自己中心的な考えで救世主である事を名乗らないし、表舞台にも立ちたくない。でも、本当にそれでいいのかなって、オセルっていう国を好きになったのに、本当にこのままでいいのかなって悩んでた」

イルの手が静かに後ろから伸びて来て、私の髪に触れた。

彼が以前私にくれた髪紐に手がかかり、スルッと解かれる。

無言のままそっと後頭部の髪をかきあげられた。

そこには私が救世主である事の証である刻印があるはずだ。

髪の下という特殊な場所なので、今この至近距離でかきあげていてもイルの目に全体像は映らないだろう。

「イル？」

声を出したと同時に、刻印の位置に彼の唇が押し付けられた。

体が一気に硬直する。

「確かに救世主である事を公表することは国の為になる。だがそれ自体は救世主の役目ではない、と俺は思う。重要なのは何をするかだ。大魔法の結界を張り、国を守る騎士団に有用な道具を支給しているツキナは間違いなくこの国にとっては救世主だ。だがもしもツキナが公表したいというのならばその時は俺も一緒に王に話をしに行くし、王の性格上無いとは思うがツキナが戦場に駆り出される事がないように全力で守る」

静かに語られる彼の言葉に聴き入っていると、ぐっと体を引っ張られる感覚。

イルの膝の上に座るような形で引っ張られ、彼の手が後ろから私のお腹に回った。

彼とくっつけるのは嬉しい、嬉しいがこの体勢は私には恥ずかしすぎる。

「あ、あの」

「君がこの国のために努力してくれている事は知っているし、恋人としても、そしてこの国の騎士団長としても、その事をとても嬉しく思う」

彼の低い笑い声は、本当に私を落ち着かせてくれる。

恥ずかしさを少し堪えて彼の胸にまた体重をかけて上を向けば、私を優しい瞳で見下ろすイルと目が合った。

そうだ、大魔法は確かに貰ったものだけれど、その他の魔法を覚えたのも、魔法を練習して魔力を底上げしたのも、全部自分の努力だ。

イルが疲れている事に気が付いた日、まだ友人だった彼の力になりたくて勉強した、飲み物に掛ける回復魔法。

討伐に行くというイルの命が心配で手渡した結界玉は結果的に彼の命を救い、その後に纏めて渡した結界玉は救世主騒動の時に騎士団に配布され、死者を出さなかった。

イルをきっかけにオセルという国が大切になったから、この国を守る騎士団の人達の力になりたくて結界玉や回復薬の効力を上げられるように頑張った。

全部ちゃんとこの国のためになっているはずだ。

「あの日、君に言っただろう？『この国に平和をありがとう、俺の救世主様』」

カッと顔に熱が上る。

あの日、彼に想いを告げられた日。

大魔法を使った反動で睡眠を繰り返していた私に、彼が囁いた言葉だ。

ふふ、とイルの笑い声。

「以前聞いてくると約束した件だが、町の病院も君の回復薬に興味があるそうだ。騎士団の回復薬の評判を聞いていたらしくてな。アンスル殿とティーツ殿も推薦という形で推して下さった。とりあえず国営の病院だけ、そしてお試しという形にはなるが、これからは騎士団の注文にその分が加わる事になると思う」

「お二人がっ？　そう……今日お会いした時も何も言っていなかったのに。後でお礼を言わなくちゃ。イルもありがとう。騎士団の時みたいに病院でも認めてもらえるように、頑張る」

「ああ、応援している。それに礼を言うのはこちらの方だ。おかげでオセルの医療はまた少し改善するだろう」

「無償で提供できればもっといいんだけどね」

「救世主は無償でやる仕事だという訳でもないし、金銭に関しては何の問題も無いだろう。他の国でもしっかり給金を出しているし、オセルもヨウタ殿に渡している。数回断られたが、この国のために動いてくれる人間に無償で働けなんて言わないさ。それに重要なのはそのアイテムが国の防衛に貢献しているという事だ。君はこの国に来た救世主としてちゃんと国を守っている。救世主としての仕事をこなしている。現にオセルの国民は皆、君の張った結界のおかげで以前より平和に暮らす事が出来ている。行商の人間も集まってきて、経済も以前よりもずっとよく回っているしな」

「……うん。ねえイル、私、救世主として名前を公表はしなくても出来る事はあるし、それをやって行きたい」

「ああ、俺もいくらでも協力しよう」

満面の笑みと共に額に押し当てられた唇に肩が跳ねて、そんな私を見たイルがまた笑う。

ああ、やっぱりこの人には敵わない。

いつも元気をくれて、私を肯定して勇気づけてくれる。

この人のためになるのならば、この人が守りたいものを守る事が出来るのならば、難しいと言われる新しい魔法の生成も成功させる事が出来る気がした。

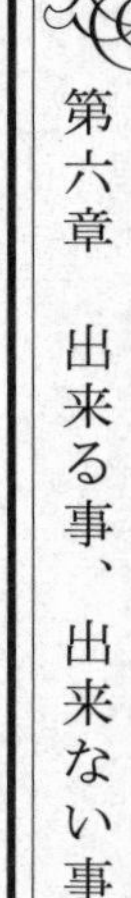

第六章　出来る事、出来ない事

あの日以来、私は夜に時間を決めて教本を読み始めた。

復習しなければまずい、と焦るイルと一緒にだ。

夕食後にソファに座ってからの一時間程度が勉強の時間で、その後は今まで通り二人で読書をしたり語り合ったりしている。

お試しとはいえ病院に回復薬を納めるようになったので作る回復薬の量は増えたが、元々予備も含め大目には作っていたのでこれはあまり変わっていないように感じる。

もしも本格的に納める事が出来る様になればまた変わるのだろうが。

魔法を使い続ける事で魔力やコントロール力も上がるので、私としては嬉しい限りだ。

この魔法の基礎を覚える事が出来れば、この力ももっと上がるだろう。

そうすればイルや他の知人たちが危険な目にあう事がさらに減るはずだ。

以前イルが討伐から帰って来ず、お店に来ない日が続いた期間は本当に不安だった。

早く来て、無事だと笑って、そう願ってドアを開けては店へ繋がる道を見つめ続けた日々。

ようやく訪れた彼は全身包帯だらけで、おまけに一度死にかけた、なんて言葉を苦笑しながら言われて……あの時の血の気が引いた感覚は今も忘れられずにいる。

イルは私よりもずっとずっと死に近いところにいるのだと思い知らされた日。

己が死にかけたという事を苦笑という形で済ませてしまえる程、彼にとっての死とは日常のすぐ隣にあるものなのだ、と。

イルは私にとって失いたくないものの筆頭だ。

だからこそ命の危険に陥る可能性が少しでも減るように、もっと色々な魔法を使いこなしてみたいと思っている。

読書好きゆえの知識欲がバシバシ上がっているので、難しい勉強もやりがいがあって楽しい。

元々興味が出た事に対しては本気で勉強するタイプだったが、久しぶりに勉強にハマりこんでいる。

そしてイルも私と似たタイプなので、二人揃ってああでもないこうでもないと議論するのは本当に楽しかった。

ブックカフェにはかなりの頻度でブランさんが訪れるようになって、おすすめの本の情報を交換したり、行商で持って来たという品物を見せてもらったりしている。

持って来てくれたアンティーク調の小物は私にとってはすごく魅力的なデザインのものが多く、ブランさんが読みたい本をお店に入れる代わりに格安で譲ってもらったり、行商で行った外国の話を聞いたりと楽しい時間を過ごせていた。

ヨウタさんとの勉強会も変わらず行っている。

少し違うのは彼が元の世界の話をしてくれるようになった事だろうか。

私相手だと細かい単語の説明で話が脱線する事がないので話しやすいようだ。

その分、元の世界にしかないものに関して私の方から口走ってしまわないように気を付けなければならなくなってしまったけれど。

テレビ、パソコン、車、飛行機、国や有名人の名前……少しだけ懐かしく感じるけれど、どこか他人事のようにも感じるのは私がもうオセルで生きると決めているからだろう。

今日もヨウタさんと雑談をした後、魔法を見せたり説明したりして帰って来たのだが。

「まずい……」

イルがお風呂に入っている間、一人きりになった部屋で小さく呟く。

元の世界にはもう未練はない、それは間違いないのだけれど。

今日、たまたまヨウタさんが話題に出したのは前の世界でベストセラーになっていた冒険ものの小説の話だった。

有名な賞を受賞したその本は私も読んでいて、続刊を楽しみにしていた一冊だった。

続きはどうなったのだろう、話題に出た事で気になってしかたがない。

何だったら読み返したい、最初から全部。

この感覚はもう読まないだろうと売った本を突然読み返したくなった時と似ている。

「こういう感覚になった時は我慢なんて出来なくて、すぐに買いに行ってたなあ」

お金がかかったとしても買い直して読み返したい、そんな欲求を抑えられたためしは今のところ無い。

ペンダントで出せはするけれど、オセルに来たばかりの頃とは状況が違う。

ペンダントで出した物は疑われないというオプション的な効果は神様に頼んで付けてもらったけれど、騎士団の人達がお客様として来るし、万が一名前も知られていないどころか日本語名の作者の本を見られてしまった際にまったく影響が無いなんて言いきれるのだろうか？

珍しい本とか絶版とか、そういう問題では無いのだ。

この世界には絶対にいない人が書いた本、あってはいけない本。

それが少し不安で、イルと同棲してからは元の世界の本は出さないようにしていたのだが。

この世界で読んだ事のない本が大量にあるので、そちらで満足できていたのも大きい。

こっそり読んでから隠してしまおうかとも考えたが、最近は面白い本を読んだ後のイルとの語らいまでがセットでの楽しみなので、黙っていられるかが不安だ。

本の虫、そう呼ばれる事が当たり前なほど本好きな私達。

面白い本は共有したいし語り合いたいが、それを誰かに聞かれないとも限らない。

「……ヨウタさん、楽しそうに話してたなあ」

彼があらすじを軽く説明してくれたのだが、その中には私が未読部分の話があった。

気になる、あの作者さんはどういう表現で書いたのだろう？

次の巻に繋がるフラグはあるだろうか？

一巻で出てきたキャラクターはどうなっただろう？

「…………」

ぼすっ、と音を立てて腰掛けていたベッドに仰向けの状態で倒れこみ、本を読むためにかけていた眼鏡をはずして枕元に置いた。

天井をじっと見つめてみたが、頭の中から本の事が離れる様子はない。

何か別の事を考えなければ、そう思うのに頭の中はずっとあの本の事でいっぱいだ。

「あー、もう」

「……何をやっているんだ」

顔だけを入り口の方へ向けると、イルが部屋に入ってくるところだった。

最近見慣れてきた彼の黒い寝間着、私も同じデザインの赤い物を着ている。

最初は着替えるだけで照れていたのが少し懐かしい。

……しかし、ベッドの上で唸っているところを見られてしまった。

「なにか悩んでいるのか？」

「ううん、もう大体自分の中で答えは出たから。ずっと心配かけててごめんね」

「いや、答えが出たなら何よりだ。なら何を唸っていたんだ？」

イルが寝転がる私の横に腰掛けたので、ベッドがぎしりと小さな音を立てる。

寝転がったまま言葉を探し、高い位置にある彼の顔を見つめてから天井へと視線を戻した。

「ええと……私が最近ヨウタさんに魔法の使い方を見せているのは知っているでしょう？」

「ああ、君のおかげで彼の勉強が捗っていると団員が言っていたな」

「配達の後にやってるんだけど、アンスルさんが来るまで二人で雑談する事が増えて来て」

「……………」

「私が元の世界にしかないものについてすぐに理解してくれるから話しやすいんだって。私にとっても懐かしく感じる物の名前も多いし、会話するのは楽しいんだけど」

「そうだな、俺には君の生まれた世界の事はわからないからな」

「えっ」

聞いた事の無いような冷たく刺々しい声が聞こえて、慌てて天井からイルへ視線を向ける。

驚いたのは言った本人も同じなようで、どこか呆然とした表情で自分の口を押さえていた。

少しの間、無言の空間が広がる。

声を発したのは二人とも同じタイミングだった。

「ごめん！」

「すまない！」

え、という声まで揃って、そのままイルと見つめ合う。

「……その、ごめんなさい」

「……いや、俺の方こそすまない」

何とも言えない空気だ。

一つため息を吐いたイルが私の顔を覗き込むように斜め上から見下ろしてくる。

起き上がらなくては、と思ったのだが予期せぬ出来事に体が固まっていた。

イルの表情には申し訳なさが漂っているが、確実に悪いのは私だろう。

だって逆の立場だったら、すごく嫌だ。

「ごめんね。私、もしも逆の立場だったら、イルがこの世界の女の人と私がわからない話が出来て楽しいって言っていたら嫌だもの。だからごめん」

「その、俺もすまなかった、他の人間に対してならば良かったなと心から喜べても、君に対してだけはだめみたいだ。俺以外の男と二人きりで会われるのも嫌だし、俺の知らない話題で盛り上がっているのも、君が他の男を気にしているのも嫌だ……恋愛というものはこんな感情も沸きあがるものなんだな、年甲斐もなく嫉妬してしまう」

「う……」

すごい殺し文句だ、頬に上る熱をどうしていいのかわからない。

「……私が唸ってたのは、ヨウタさんが元の世界で私が読んでた有名な本の続刊が出たって話をしてたからなの。続きも気になるし、むしろ最初から読み直したいしで気になっちゃって」

「ああ、そういう事か。それは……ああ、わかるな。俺も売った本を読み返したいのにどこにも売っていない状態になった事があるから、読み返したくて堪らない気持ちはよくわかる」

「うん、でも確かに恋人が、あなたがいるのに他の男の人と二人きりになるのは良くなかったよ。アンスルさんが来てくれてから部屋に行くっていう手もあったのに」

「いや、君が魔法を教えてくれているのは騎士団長の立場からしても本当に助かっているんだ。個人的な感情で君を責めた俺の方が、間違って」

「私は」

間違っている、と続けようとしたであろう彼の言葉を遮るように口を開く。

物語上では楽しめても自分の立場では相手に感じてほしくない感情。

「イルに嫉妬させちゃったのが本当に申し訳ない。自分の考えのなさが嫌になるくらいに」

嫉妬した、という事は、私は自分の言動で彼を傷つけたという事だ。

嫉妬は心が痛いし、悲しい、つらい、そういう嫌な思いになる感情で。

「その、私がイルの事が好きだって自覚したのは嫉妬がきっかけだったから。あの時は目の前が真っ暗になった気がしたし、自分の知らないイルを見るのが嫌だった。あの時の気持ちをイルに味わわせたんだから、悪いのは私の方だよ」

ようやく体を起こす事が出来て、イルの顔を正面から見る。

「ごめんなさい。魔法を見せたりするのがこの国のためになっているっていうのなら続けるけど、もう二人きりにはならないようにする。仕事とそれ以外は別だもの。ヨウタさんに魔法を見せるのは仕事の一環、でもそれとは関係のない雑談は別だし、他の人がいても出来る話題だった。本当にごめん、次からはアンスルさんを待つなり、他の事で時間を潰すなりするから」

「ツキナ……その、すまない。ありがとう」

「なんでお礼言っちゃうの。もっと怒っても良いのに」

あの冷たい声が嘘のように、お互いに苦笑し合った事で雰囲気が和らぐ。

イルと喧嘩なんてしたら、まして嫌われでもしたら、悲しみで潰れてしまいそうだ。

それ以上に自分がこの人を傷つけたというのが嫌だった。

ヨウタさんに姉みたいだと言われ、私も彼を弟みたいだと思っていたが、実際に血が繋がっているわけではない。

元の世界で兄弟のいなかった私にはとても新鮮だったけれど、今の私の家族はイルの方で、優先するべきなのも間違いなくイルの感情だ。

最後にごめん、という声がまた二人分揃って、謝ってばかりだなと笑い合う。

部屋の中はいつも通りの穏やかさを取り戻していた。

「ところで」

「え、何?」

何かを切り出しながら笑みを浮かべたイルの顔はとても魅力的だったけれど、何故か背中に冷や汗がつたう。

なんだか嫌な予感がする。

少しだけ身体を後ろに引いたが、それを利用される形でイルに軽く押されて先ほどまでのように ベッドに仰向けに寝転がる事になった。

私の頭上に、トン、と手をついたイルが笑う。

笑うイルの顔が近い、彼の黒い髪がサラリとした感触を残して私の頬を滑る。

「さっきの事について聞きたいんだが」

「さ、さっきの事？」

「君が俺への想いを自覚した時の話だ。聞きたい」

「えっ……」

彼が私の上に覆いかぶさっている様な体勢なので逃げ場はない。

ひくっ、と顔が引き攣ったのがわかる。

「あの……言わなきゃだめ？」

「俺がなぜ嫉妬したのかを話したんだから、君がなぜ嫉妬したのかも知りたい」

これは逃げられないやつだ、と今までの経験が訴えかけて来る。

イルと恋人になって気が付いたが、こういう表情の時のイルは絶対に譲ってくれない。

「そ、の、イルに髪紐を貰った次の日だったと思うんだけど」

「結構前だな」

「ほら、お店じゃなくて町で初めて会った時。イルが町の見回りをしてて、ちょうど休憩だったからって私のところまで来てくれたでしょう？　いつもは出ない場所に魔物が出たから気を付けろ、って言いに」

「ああ、あの時か」

今思い出しても恥ずかしい。

イルの嫉妬とは違い私のは完全なる勘違いでの嫉妬、だからあまり思い出したくは無い。

しかし、じっと見つめて来るイルから逃れる手段も無かった。

「イルが私に気が付く前に、その、実は私の方が先にイルに気が付いてたんだ。声を掛けようか迷ってたら……」

「迷っていたら？」

本気で逃げたい、でも逃げられない。

「その、綺麗な女の人がイルに駆け寄って話し出して、私はイルとはお店でしか会った事がなかったから、その時初めてイルにはお店以外での交流もあるんだ、って思い出して。私の知らない綺麗な女の人と話しているところ見たらすごく嫌で、あれ、って、友人相手に抱く感情にしてはおかしいって気が付いて……結局その人は団員さんの奥さんだったみたいで、すぐにイルから離れて旦那さんと娘さんの所に行ってたけど」

「ああ、そういえばそんな事もあった気が……でも、そうか」

嬉しそうな、けれど少し陰のある顔でイルが苦笑する。

「君が俺への想いを自覚してくれたのは本当に嬉しいが、そこで君を傷つけていたと考えると心底喜べないな。さっきの君の言葉が良くわかったよ」

「すぐに女の人に関してはわかったし、それよりも自分の想いが信じられない驚きの方が強かったから、そこまで傷ついたわけじゃないよ。その後すぐにイルが来たから、冷静に話そうと頑張ってたし」

「そうか」

ようやく私の上から離れたイルが嬉しそうに笑った後、私の隣に横になる。

いつのまにか寝る時間になっていたようだ。

……喧嘩したまま就寝、とかにならなくて良かった。

イルが布団を引っ張り上げるのを横目に、電気の方へ手を伸ばして魔法で明かりを消す。

「君との喧嘩はごめんだな。再認識した」

「同じく」

先ほどとは違って真横にイルの顔がある。

薄暗いとはいえ表情は見えるし、彼が苦笑しているのもわかった。

軽く引き寄せられて彼の腕の中に納まる。

こうして眠る事にも慣れて来て、最近は恥ずかしさよりも安心の方が強かった。

眠るために部屋の中を沈黙が支配して数分後、薄闇の中にポツリとイルの声が落ちた。

「俺も」

「ん？」

「俺もそうだった。ずっと君と二人で過ごして来た店に他の客が、それも男がいたのを見た日、その男に焚きつけられた事もあって君への想いを自覚したんだ。俺以外の男に君が気を許して気楽な口調で話していたから、今までも俺が店に来られない午前中にその男との時間を過ごしていたのかと思ったら、すごく嫌な気持ちになった」

イル以外の男性客？

あの頃はイル以外にお客様なんていなかったはずだけれど。

「……あ」

いた、一人だけ。

頭の中でいたずらっ子のような笑みでこちらにピースサインを向ける神様の事を思い出す。

私の中のイメージは球体の方が強いのだが、確かにお店に来る時は男性の姿だ。

「……いくらなんでも元々光の玉みたいな存在を男としては見られないな」

「ん？」

小さく呟いた私の言葉に、不思議そうなイルの声が返ってくる。

「ううん、何でもないの。おやすみ」

「ああ、おやすみ」

もぞもぞと動いてイルの腕の中に納まるような位置へと再度移動する。

この先、何かで彼とまたこういう雰囲気になったとしてもちゃんと話し合って解決していければいい。

長い人生をずっと彼と一緒に過ごすのだから、きっと喧嘩をする事もあるだろう。

けれどそうなったとしても、こうして穏やかに二人で眠りにつきたいと思う。

これからはしっかりと気を付けなければ、そう決めて心地いい微睡へと意識を落とした。


次の日から、少しだけヨウタさんと過ごす時間は変化した。

露骨に避けたりしているわけではなく、魔法を教えるのに影響が無い程度に二人きりになったり話し込んだりしないようにしただけだ。

例えば今まではアンスルさんを待つ間に部屋に移動して二人で話し込んでいたのを他の人がいる場所で話すようにしてみたり、どうしても室内で二人きりになる時は部屋の扉や窓を開けて常に誰かの目に中の様子が見えるようにしたり……

ヨウタさんにも私にも他意は無くて、騎士団の方々も特に何も思っていなかったとしても、それでも空けなければならない距離というものはある。

元の世界も含めて一人での充実した生活が長すぎたとはいえ、そんな事も頭から抜けていたとは……自分が情けなくなってきた。

仕事とプライベートは別、そこに多少の気遣いは必要だったのに。

そんな少しだけ変わった日々は特に問題無く続き、カフェで接客し、アイテムを配達し、ヨウタさんに魔法を見せ、アンスルさんに魔法の基礎についての質問をし……忙しいながらも楽しい日々を送っていたある日。

配達に来てアイテムを手渡していると、遠くから叫び声のようなものが聞こえてきた。

本部内の空気が一気にピリッとしたものに変わり、近くにいた団員達と、何かを持って来たらしいメイドさん達と話していたヨウタさんがじっと門の外を見つめだす。

あの時の魔物の事が頭をよぎり、体が震える。

まさかまた……そんな考えが浮かんだところで、一人の団員が本部の門の前に走り寄ってきた。

息を切らし真っ青な顔をする彼は倒れこむように本部内へ駆け込み、慌てて近寄った別の団員の手を強い力で掴んで荒い息のまま口を開く。

「予測していなかった大型の魔物が出た！　怪我人多数だ！　結界玉もいくつか割れてっ、城の治癒魔法を使える人間も呼んでもらってる！　人数も多いし一気にここに運ぶから、治癒魔法が使える奴は集まってくれ！」

「……っ、中の連中にも声を掛けて来い！　急げ！」

駆け込んで来たのは数日前、ヨウタさんとじゃれ合って任務へと向かって行った団員の一人だった。

彼も腕や顔からおびただしい量の血を流しており、駆け寄った団員が魔法をかけている。

ヨウタさんはその様子を真っ青な顔で見つめていた。

城門の方から喧噪が響いて来て、怪我人が運ばれてくるのがわかる。

「討伐任務はどうなった？」

「その大型一匹を取り逃がした、だが団長と副団長が今向かってくれているはずだ」

イル、それにベオークさんが向かったという事は、今この城に彼らはいない。

イルは回復魔法が苦手だが、ベオークさんは使えたはずだ。

彼がいないのならばその分人手が足りない……ぎゅっと胸の前で手を握りしめる。

「『その時は頼む』って言ってくれたんだから」

何かあったら回復魔法で手伝うと言った時、イルは私に頼むと言った。

イルへの心配はきっといらないだろう。

討伐に向かったのが若い団員達だけだった事を考えれば、敵はそこまで強くはないはずだ。

イルは強い人だし、ベオークさんが付いて行ったのならばなおさら大丈夫だと思える。

うめき声と鉄臭さ、叫ぶ声が近付いて来て、血に耐性が無いであろうメイドさん達の口から小さく悲鳴が上がった。

ヨウタさんも大量の血を流している人を見るのは初めてらしく、青い顔で固まっている。

運ばれてきた彼らに団員達が魔法をかけ始めているが、やはり手が足りていないようだ。

……私が今するべき事はイルの心配でもないし、ここで立って見ているだけでもない。

メイドさんやヨウタさんの横を走り抜ける様に、運び込まれた彼らのもとへと駆け寄る。

「手伝います！　一気にじゃなくて全身をある程度回復させれば良いんですよね！」

「ツキナさん、はい！　お願いします！」

戦う事は出来ないが、傷の治療は慣れている。

騎士団に所属するイルが怪我をしてくる事は日常茶飯事だ。

大きな怪我をしてくる事は少ないが、基本的に彼は多少の怪我をしても動ける状態の時は家に帰ってくるので私が治す事が多い。

お城で回復魔法を使える人は限られているので、彼らには他の団員の回復を優先してもらって、イル自身は私に頼ろうと思っているようだ。

私も大怪我をしたイルが帰って来ないことを心配するくらいなら自分が治したいと思っているので、回復系の魔法のレベルはイルと同棲するようになってから一気に跳ね上がった。

近くに寝かされている団員の一人に駆け寄って膝をつき、そっと両手を彼の胸の上の辺りに突き出す。

魔法での治療というものは使う魔法によって治り具合が違うが、基本的には自己治癒の力も使って治すのが一番らしい。

ある程度までは魔法で回復させて、その後は自己治癒の力に頼るのが最善なんだそうだ。

同時に体力の回復も出来ればなお良いらしい。

イルの怪我を治すための魔法は、私が一番集中して練習している魔法でもある。

私の魔法の効果が低いからイルが助からない、そんな最悪の未来は絶対に嫌だった。

頭の中に今まで覚えた治癒系魔法を思い浮かべて、最適な魔法を選択する。

私の両手から銀色の魔法陣が広がり、光を放ちながら団員の体を覆っていく。

彼の体を包むようにドーム状の結界が広がり、じわじわと全身の傷を癒していくのを集中して見つめる。

「大丈夫ですか？　意識は戻りました？」

荒い呼吸が徐々に安定していき、うっすらと目が開いた。

「う……はい、俺はいいので、他の皆も、どうか」

「はい、すぐに治します。この結界がある間はこの中でじっとしていて下さい。これが残っている内は回復の効果がありますから」

「あ、りがとう、ございます」

すぐについていた膝を起こして別の団員に駆け寄る。

後はこの繰り返しだった。

彼らだってイルが大切に思っている団員達だ、絶対に助けてみせる。

そう決意して、怪我人の間を走り回ること数時間。

すべての団員の治療が終わり、治療に当たっていた人達が大きく息を吐き出してその場にしゃがみ込んだ。

死者はゼロ、ひとまず安心できる結果になったようだ。

「すみませんツキナさん、居合わせただけなのに手伝っていただいてしまって」

「当たり前ですよ。私にとっても騎士団の方々は大切な人達なんですから」

「……ありがとうございます。ツキナさんが使われていた魔法、実際に見たのは初めてです。俺もいつか使えるように頑張ります」

そう言って私に敬礼をしてから去っていった団員を見送り、こっそりと息を吐いた。

全員ちゃんと助かって良かった。

肩の力が抜けたのを感じてグッと伸びていると、あの、と声がかかった。

「あ、ヨウタさん……顔色が良くないですけど、大丈夫ですか？」

「はい」

思わず問うてしまうほど真っ青な顔で近付いてきた彼は、どこか沈んでいるように見える。

初めは固まっていた彼も後半は団員達に魔法をかけて回っていたはずだけれど。

「ツキナさんは、すごいですね」

「え？」

「……俺は誰かを守るためにも戦えるようになりたくて、攻撃魔法を中心に教わっていました。回復魔法はまだ基礎的なものしか使えなくて、簡単な怪我しか治せません。ツキナさんのあの魔法はかなり高度な魔法ですよね。全身の傷を少しずつ癒しながら体力も回復させて、しかも効果はその場にしばらく残る。前に教本で見ました。それに……」

ヨウタさんがぎゅっと手を握りしめた。

少し前の私と同じ仕草だが、その感情は違うのだろう。

「稽古で小さな傷を負ったり負わせたりはありましたが、あそこまでの大怪我は初めて見ました。情けない話ですけど、大量に流れる血が怖くて動けなかったんです。ツキナさんは戦いが出来ないって言ってましたけど、さっき何の躊躇もなく駆け寄って、みんなの心配をしてすぐに魔法で癒して回って。俺、本当にすごいと思います！　今の俺には絶対に出来ませんから」

なんだろう、不思議な気分だ。

以前私が戦えない事でヨウタさんに抱いていた感情を、今はヨウタさんが私に抱いている。

自分には出来ないのに、すごい、と。

本当に……出来る事と出来ない事は人それぞれなんだ。

「今日運び込まれてきたみんなは、騎士団の中でも特に仲の良い友人達なんです。助けて頂いてありがとうございました！　あいつらが居なくなるなんて考えたくもないですから」

「ヨウタさんだってちゃんと回復の魔法を使っていたじゃないですか。私だけ頑張った訳ではないです。でも……みんな助かって良かったです。本当に」

「はい！　俺、戦えるようになりたい気持ちを優先してはいますけど、もう少し回復に関する魔法も勉強してみようと思います。落ち着いたらまた教えて下さいね！」

「私で良ければ」

意識を取り戻した友人たちに会いに行くというヨウタさんを見送り、城の方を見上げる。

イルとベオークさんは帰ってきただろうか、二人とも怪我はないだろうか。

そんな事を考えていると、門の向こうに見覚えのある二人が見えて思わず笑みが浮かぶ。

二人とも馬に乗っており、怪我をしている様子は見られない。

門の前に二人が来たところで、中にいる私を見てイルが驚いたのが分かった。

「ツキナ？」

「え、あれ？　もしかしてちょうど配達中だった？」

「あはは、そういう事です」

中に入って来た二人が馬から飛び降り、私の方へと歩いて来る。

イルの馬、アトラが顔を寄せて来てくれたのを撫でながらイルたちと話そうとしていると、数名の団員達が駆け寄ってきた。

「団長、副団長、取り逃がした魔物は、」

「ああ、問題無く討伐できた」

「こっちは怪我も無いぜ。若手の団員達でも問題無い相手だったはずなんだが、予期せぬ大型が合流しちまったみたいだな。きな臭いったらないぜ」

「そうですか。こちらも怪我人は皆回復が終わりました」

「皆？　全員か？」

「はい、後は自然治癒に任せた方が良いくらいに皆回復しております」

「よく出来たな。全員ボロボロだっただろうに」

「それは……ツキナさんが大半の団員を治して下さったので。魔力の少ない団員も少ない人数に集中して魔法をかける事が出来ましたから」

「え？　私そんなに大人数を治してました？」

「はい、全体の三分の二程度はツキナさんが」

集中して端から回っていたから気付かなかった。

……救世主の特性である大量の魔力が無ければ倒れてしまう可能性があった気がする。

まあ、助けられたのだから良しとしよう。

「え、ツキナちゃん手伝ってくれたの？　むしろメインで動いてくれた？」

「そう、みたいですね。治すのに必死だったので自分が何人に魔法をかけたのかとか一切気にしていなかったです」

「そっか、ありがとう……騎士団の副団長として、感謝申し上げる」

「同じく、団長として感謝申し上げる」

敬礼をしたベオークさんが、真剣な口調でそう言ったのに少し慌ててしまう。

イルまで同じ様な事をするので、もうどうしたらいいのかわからないくらいだった。

私は出来る事をしただけだ。

ただきっと、これが彼らの騎士団という仕事への思いなのだろう。

「……ツキナ」

慌てる私を見てイルが穏やかに笑う。

「ありがとう、助かった」

さっきの言葉が団長としての言葉なら、これは恋人としての言葉だ。

何度も言われるお礼がくすぐったい。

「手伝うって、約束したでしょう」

「ああ、そうだったな」

くすくすと笑い合う私達を見て、ベオークさんがにやりと笑った。

「おお、城では珍しい恋人同士のやり取りだな」

「……ベオーク」

「本当の事だろ。普段は二人とも城にいても会う事すらしてないしな。仕事とプライベートを混ぜないにしたって限度があるだろ。今日くらいは一緒に帰っても罰は当たらんと思うぜ」

「これから報告があるだろうが」

「その間ここで待っててもらえば良いだろ。そろそろ日も暮れるし、魔物の事もある。一人で先に帰すよりも一緒に帰った方が良い。どうせ今日は簡単に報告するだけで、被害人数やら使ったアイテムの補充やらの細かい部分は全部明日になるんだから」

「……そうだな。ツキナ、待っていてくれ」

「え、でも良いの？」

「ああ、終わったら迎えに来るから一緒に帰ろう」

「では中へどうぞ。それと、申し訳ないのですが今日回復薬を大量に使ってしまったので、次の注文に追加させて頂きたいのですが」

「わかりました。私の方は大丈夫ですので、必要な分の大まかな数だけでもわかりますか？」

「今からざっと計算してきますので、少々お待ちいただけますか？」

「はい」

「ちょうど良かったじゃないか。その間に俺たちは報告を済ませて来る」

「ツキナ、後でまた」

「うん、待ってるね」

怪我をした団員達が寝かされている大部屋に行ってから城へ報告に行くという二人を見送り、案内してくれる団員に付いて行く。

通されたのはいつもの部屋で、最近よく頂いているコーヒーに口をつけながらしばらく待機する事になった。

時折顔を出しては私にお礼の言葉をくれる団員達の笑顔が嬉しい。

誰かの笑顔を貰いたいというヨウタさんの気持ちが少しわかった気がした。

しばらくその場で待って、戻ってきたイルと共に騎士団を後にする。

アトラは城に所属する馬専門の獣医の方に調子を見てもらうそうで、帰宅は徒歩だ。

元々健康診断として数日後に一晩預ける予定だったのは聞いていたが、今日たまたま医者の手が空いたそうで、私もいるので移動魔法で帰れるし、という事で預けてきたとの事。

「すまないが、明日は城まで送ってもらって良いか？　とんぼ帰りさせる事になってしまうが」

「いいよそれくらい。帰りはアトラと一緒？」

「ああ、明日にはアトラの健康診断も終わっている予定だからな」

そんな私たちの会話を、広場にいた団員達が意外そうな顔で見つめてくる。

「なんというか、お二人が婚約者だという事はもちろん知っているのですが、二人で並んでいる所を見る機会はあまり無いので不思議な気分です」

「俺は団長の横に女性がいるという光景にいまだに慣れん。見合い全部会いもせずに断っていた団長の印象が強すぎて、ツキナさんとの婚約について聞いた時は団長が嘘をついたのかと思ったくらいだったし」

「団長の嘘の方がレアじゃないですか？　しかも女性関係」

「それくらい信じられなかったんだ」

「お前達……」

引き攣り顔で団員達を見つめるイルの顔を見て、吹き出しそうになるのを必死に堪える。

この場にいる団員達は古参の方々なので、任務以外でのイルに対する態度が少し気安い。

だからこそ、これは彼らの本音なのだろう。

……私が元の世界にいた場合、友人達からまったく同じ評価をされるであろう事からは目を背けておく。

「ツキナ、帰るぞ」

「うん。失礼しますね」

「はい。回復薬の方、よろしくお願いします」

ため息を一つ残して私に帰ろうとうながすイルと共に、門の外へと歩き始める。

「二人の結婚式楽しみにしていますね」

「居残りメンバーを決める手段はもう話し合いが始まっていますので」

「ここは年功序列だろう」

「いや、実力順で」

「もうどうしたって喧嘩になるんだからくじで良いだろうが」

「……いったいなにをしているんだお前達は」

「いやあ、みんな団長の式には参加したいんですよ。でも全員が出払う訳にはいきませんし。あ、でも大丈夫です。王が許可を出してくれたので、当日残るメンバーはこちらで決めていい事になりました。副団長は参加確定なので除外ですが」

「……まあ、その辺りは任せる」

諦めたようにそう言ったイルを見て団員達が笑う。

見送ってくれた彼らと別れて、イルがいれば問題無いからと久しぶりに仕事終わりに町へ買い物へ向かう事にした。

「遅くなったし、何か食べて帰るか。君も疲れただろう」

「そこまでではないけど、イルと外食するのも久しぶりだしそうしようか」

買い物を済ませ、今まで何回か訪れた事のある飲食店へと足を踏み入れる。

この店はイルが私と出会う前から利用していた店で、私も店員さん達とは顔見知りだ。

イルが通っていた頃は防音がしっかりした個室席を選んで座っていたらしく、その名残で今日もそこへ案内される。

この個室は特殊な魔法が掛かっており、周囲に声が聞こえないようになっているらしい。団員達と来る時もこの席へ案内されるので、仕事の話をするにもちょうどいいのだとか。ご飯も美味しいし店員さんも良い人が多いので、私もお昼に一人で食べに来たりしている。

「団員さん達、大丈夫そうだった？」

「ああ、皆意識もはっきりしていて、しばらく休めば復帰できそうだ。結界玉が割れたのは半数くらいだな」

「半数……」

それだけの人数が致命傷になりえる傷を負ったところを攻撃されたのだと思うと、背筋が凍る思いだった。

いつも騎士団の本部で賑やかに迎えてくれる彼らの中には見知った顔も多く、その彼らと会えなくなるかもしれないという事が私を嫌な気分にさせる。

大魔法の結界があるとはいえ、彼らが命がけで戦ってくれているからこその平和だ。

結界玉も回復薬もまだまだ効果を上げる事は出来るだろうし、私にも努力出来る事がある。

「そういえば、様子を見に行った時にヨウタ殿もいたのだが」

「怪我をした団員の人達と仲が良さそうだったもんね。様子を見に行くって言ってたし」

「団員にはヨウタ殿と年が近い人間が多いから、いい友人関係を築いているみたいだな。以前の救世主がいた時とは大違いだ」

「ああ、そうだね」

「そのヨウタ殿から、勝負してくれないかと言われたよ」

「えっ」

驚いてイルの顔を見ると、どこか楽しそうに笑う彼と目が合った。

楽しいというよりはワクワクしていると言った方が正しいだろうか。

「自分の剣の腕をしっかりと知りたいらしい。団長である俺とどの程度差があるのか、という事で魔法無しの剣のみの勝負だな」

「受けたの？」

「ああ、明日の午後ならば報告も終わっているだろうしその時に、と。たまに若い団員に同じ話を持ち掛けられる事はあるが、団員以外とやるのは久しぶりだな」

「イル、なんだかワクワクしてない？」

「若手が俺に挑戦して来るのを見るのはいつだって嬉しいさ。未来が楽しみになる」

「……そっか、楽しんで来てね。お互いにひどい怪我は無しだよ？」

「そこは加減するさ。真剣を使う訳ではないし、訓練で大怪我なんて目も当てられん」

そこまで話したところで、美味しそうなにおいを漂わせて料理が運ばれてくる。

雪国ならではの温かい料理、この店は様々なスパイスを組み合わせて作った料理がおいしくて、私も勉強になる事が多い。

「はいよ、お待たせ！」

持って来てくれたのはこの店の店主の奥さんで、からからと笑う笑顔が温かい、話していて気持ちのいい人だ。

この人と話すと故郷にいる母を思い出すからと店を利用する団員も多いらしく、彼女自身も団員達の顔を一人一人覚えているらしい。

イルが初めて私を連れて来てくれた時も、女性を連れてきたという事にひどく驚いた後、満面の笑みで婚約を祝福してくれた。

この人とする軽い雑談もこの店を気に入っている理由の一つだ。

「ヨウタさんは元気かい？」

「ええ、相変わらず勉強に力が入っていますよ」

「あんな良い人がオセルの救世主として来てくれたのは嬉しいねえ。空には結界もあるし、オセルの未来は安泰だよ。ああそういえば、この大魔法を使ってくれた救世主様はまだ見つからないのかい？」

「……今はまだ城に何の情報も入っていませんね」

「そうかい……ヨウタさんが頑張ってくれている事もあって、余計に町の皆が大魔法を使ってくれた方の救世主様を気にしていてね。他国の行商の連中にも色々聞かれるが、お城にも情報が無いんじゃねえ、本当にどこにいらっしゃるんだか」

「は、はは、そうですね」

声が裏返りそうになったのを堪えて笑顔を作る。

この人もまさか救世主本人が目の前にいるとは思っていないだろうが、やはり他国からも気にされているのか。

ブランさんも気にしていたし、他の行商の人が気にしていてもおかしくは無いのだけれど。

ヨウタさんの存在が知られてきたから私の話題は薄れるかと思っていたのだが、まさか余計に気にされているとは思わなかった。

「町の人間はヨウタさんの事も大歓迎だが、大魔法の救世主様も気になってしかたないんだ。どうして名乗り出て下さらないんだろうねえ、お礼の一つも言えやしないよ。ヨウタさんも同じ救世主だから何かわかるんじゃないかと聞かれていた事があったが、そういうのはわからないと言っていたし」

じゃあごゆっくり、と告げて席を離れて行く彼女を見送って小さくため息を吐いた。

まさかヨウタさんにまで私の事を問いかける人がいるとは思わなかった。

「そのうち気付かれそう」

「そうだな。今は俺と君だけの秘密だが気にしている人間が多いのは事実だし、しばらくはいつもよりも気を付けなければならないかもしれん」

「魔法の腕は上げたいんだけど、あんまり高度魔法を使うのはまずいかな」

「大魔法さえ使わなければ大丈夫だろう。今日君が使ったという回復魔法だって各国に使える人間が十人いればいいくらいの高度魔法だが、君と救世主を結び付けた団員はいなかった。君の刻印はかきあげて至近距離で見たとしてもあざにしか見えないし、そこまで接近出来るのは俺くらいだしな」

「なら後は変な事を口走らなければ大丈夫かな」

「その辺りは俺も君も心配いらないとは思うが、いつもよりも多少意識しておこう」

食事を終えて、星空の下をイルと並んでお店へと帰る。

手袋越しとはいえ、当然の様に繋がれた手が幸せを感じさせてくれる。

夜に二人で出歩く事は少ないので、久しぶりの夜のデートみたいで少し嬉しかった。

帰宅が遅かったのですぐにお風呂に入り、就寝した次の日。

イルと共に城付近に魔法で移動する。

「じゃあ、行ってくる。気を付けて帰ってくれ」

「うん、あ、でも午後にもう一回来るよ。回復薬のリストを見たら相当な数を使ってたみたいだから、ある程度作って持ってくるつもり」

「そうか、助かる」

「午後になると思うけど、イルとヨウタさんの勝負、見られないかな？」

「奥の訓練場でやる予定だからな、見るのは難しいかもしれん。まだやっていれば団員が変な気を回して連れてきそうな気もするが」

「じゃあタイミング次第ってとこだね。回復薬を作る方を優先するから、午後一番とかだったら見られないなあ」

「そんなに見たかったのか？」

「イルが剣を振るってるところを見るのって家で一人で鍛錬してる時だけだし。実戦は見られないから、誰かと対戦してるところが見られるかなって」

「実戦の場に君がいるという事は危険だという事だから、そこは勘弁してくれ」

「いや、自分から近づいたりしないよ。足を引っ張るのが目に見えてるし」

行ってらっしゃい、と門の向こうへ向かうイルを見送る。

門番さんの微笑ましそうな視線が痛くて、苦笑いで軽く挨拶してから魔法で家へと戻った。

配達の時にイルの戦うところが見られるかも、と期待はしたのだが、回復薬に加えて結界玉まで作っていたため、結局私が騎士団に行く事が出来たのは夕方近くになってからだった。

こんにちは、と声を掛けた私に駆け寄ってきた団員さんが笑う。

「ツキナさん！　さっそく持って来て下さったんですか？」

「相当な数を消費していたみたいでしたので。在庫もほとんどなさそうですし」

「ありがとうございます！　本当に助かります！」

持っていた箱を受け取った彼は、別の団員を数名呼び止めて中身のチェックを始める。

人員がいつもよりも少なくて確認に時間が掛かるからと、私は小さな事務所のような建物へ通されてそれが終わるのを待つ事になった。

いつもよりも遅い時間に持って来てしまったので、迷惑だったら持って帰ろうとは思ったのだが、本部にある数が少なすぎたせいか向こうも欲しいと思っていたようだ。

室内はちょうどいい温度が保たれるようになっているらしいが、そのせいか窓から吹き込んで来る風が少し冷たく感じる。

窓の外はオレンジ色に染まり始め、一日が終わりかけている事を示していた。

「イルとヨウタさんの手合わせ、もう終わっちゃいました？」

「一時間ほど前に終わってしまいましたね。団長はもう城の部屋の方で仕事をすると戻っていかれましたし」

「そうですか、残念です」

「見たかったんですか？」

「イルが誰かと手合わせしているところを見るチャンスってあんまりないので」

「ああ、確かにそうですね。今日はやはり団長が圧倒していましたよ。あの人は本当に強いですから。俺達も一度は手合わせしてもらっていますが、その時の団長のアドバイスは本当にためになるので、ヨウタさんもこれからもっと強くなると思います」

「そうなんですか。楽しみですね」

「はい。それと、たまに団長と副団長が手合わせを見せてくれる事があるんですよ。実力が拮抗している二人ですのですごく見ごたえがありますし、団員達に見せるからと、この広場でやってくれるので、これから先見られる事があると思います」

「本当ですか！」

「ええ、王女様もよく副団長を見に来ていますので、ツキナさんも団長に頼めば事前にやる時を教えてもらえると思います」

「わ、良い事聞きました。イルに隠されてもわかるように、アンスルさんかティーツさんに教えてもらえるようにお願いしておきます」

「あはは、そうですね。お二方には皆頭が上がりませんから、あの二人に頼んでおけば確実だと思いますよ。なんだったら手合わせはよく見えるけど団長には見えない位置とかに案内してくれるかもしれません」

「じゃあ次にお店に来た時にでも頼んでおく事にします……あれ？」

「ああ、ヨウタ殿が戻ってこられましたね。先ほどまで回復魔法をかけてもらっていましたから。どうしても実戦を想定した手合わせは多少の怪我が付きものですし」

　開け放たれた窓からざわざわと賑やかな声が聞こえて来て、本部の建物の中からヨウタさんが彼の友人である団員達に囲まれて出てきたのが見えた。

怪我をした団員達の姿はないが、まだ療養中なのだろう。

普段じゃれ合っている時よりもずっと人数が少ない。

ヨウタさんにはいつもの笑顔はなく、どこか沈んでいるように見える。

バシン、と大きな音を立てて団員の一人がヨウタさんの背中を叩いた。

「おいおい、結果はわかってただろ。むしろお前が勝ったらお前より長く鍛錬してる俺達の立場が無いって」

「そりゃあ、勝てるとは思ってなかったけど、まさか一撃も入れられないなんて思わなかったんだ。お前相手なら何発か当たるようになってたのに」

「いや、俺と比べちゃダメだろ。あの方は他国にも名を知られている程の実力があるんだぞ。強者揃いだと評判のこのオセルの騎士団で、それも歴代の団長の中でもトップクラスの実力の持ち主なんだから」

「完封って、こういう事を言うんだなって実感したよ。これなら当たる、って思ったら動きを誘導されてて逆に俺が一撃くらったし、しかも直前までは殺されるかと思うくらいの迫力があったのに俺に当たった攻撃はしっかり威力が手加減されてるし……こんなに差があるんだな」

ひどく悔しそうに呟いたヨウタさんを、団員達がからかいながらも慰めている。

建物の中にいる私は彼らには見えていないようだ。

「元気出せって、お前は救世主だろ。剣が使えなくても大魔法さえ覚えられれば一発でこの国の助けになれるさ」

「大魔法、か」

はあ、とため息を吐いたヨウタさんに団員達が顔を見合わせる。

いつもならからかう方が多い彼らのやり取りも、今は励ましの言葉が多く飛び交っていた。

すっかり落ち込んでいるヨウタさんにいつもの笑顔が戻らないのが原因だろう。

「大魔法を覚えたくても、まずその古文書が見つからないんだよなあ」

「ああ、オセルには元々無いからな。城の魔法師達が倉庫をくまなく捜索しなおしてるらしいけど」

「俺も手伝ってはいるんだ。早く見つけないと、まず解読からなんだろう？」

「古文書は今世界で使われてる文字とは違う文字で書かれてるしな。見つかった時の解読、俺達も手伝うから元気出せって」

「お前古代文字の成績最悪だったじゃないか」

「おい、頑張って励ましてる俺になんて事言うんだ！　もう元気じゃねーか！」

ははは、とようやく笑ったヨウタさんが空を見上げる。

そこにうっすらと広がる魔法陣をじっと見つめているようだ。

「空には別の救世主さんが張った大魔法の結界があるっていうのになあ。その人はどこで古文書を見つけたんだろう。会って聞いてみたくても誰かわからないし」

「大魔法の救世主様の正体なら俺達が知りたいくらいだぜ」

聞こえた台詞に気まずくなって、少しだけ視線を逸らした。

自分の命を守るために神様に願ったたくさんの願いの一つ、結界の大魔法。

戦えない自分が魔物が蔓延る世界に強制的に行かされる。

そのために願いを叶えてくれるという神様に大量に願った事の一つだ。

私は彼のように努力して手に入れた訳ではない、けれど後悔はない。

もしも似たような状況になったならば、私はまた大魔法を貰うだろう。

「沈んでる場合じゃないだろ、次の魔物討伐は一緒に来るんだろうが。明日からは俺達とも鍛錬しようぜ。めざせ、若手団員で団長に一発入れろ、だ」

「ああ！　って、お前達も団長に一発入れた事ないのかよ！」

「ある訳ないだろ。あの人がどんだけ強いと思ってんだ」

「無茶言うな。あの人化け物じみた強さ持ってんだぞ。俺があの人が大怪我をしたのを見たのは前の救世主が騒動を起こした時の一回だけだ。王子を庇ってな」

「そうか……団長、本当にかっこいいなあ。俺ももっと強くなるぞ。討伐で活躍できればみんなの助けになるし、世界を救う救世主へ一歩近づくよな」

「その意気だ。オセルを救って有名になって、俺達を親友だって紹介してくれよ」

「おい、目的はそれかよ」

大きな笑い声が響いて来て、その中にヨウタさんの声もあった事にホッとする。

若い男の子達の微笑ましいやり取りに笑みが浮かんだ。

「若い人達が切磋琢磨してるのって、微笑ましくて、明るい未来が見えていいですよね」

「そうですね、なんだか俺達まで元気を貰った気になります」

「その分、負けていられませんけどね。ああいう奴らの成長は速いですから」

「あっという間に追いつかれそうになって、本当に気が抜けませんよ」

私と同年代であろう団員達とそんな話をしながら、じゃれ合っている彼らが城の方へと向かって行くのを見送る。

見送る人達の表情は皆温かい笑顔で、この国の人達の優しさを感じられた気がしてさらに嬉しくなった。

頑張って、と去っていく彼らの背に向かって呟く。

大魔法について教える事は出来ない、それでも結界や回復系の高度な魔法ならばいくらでも伝えられる。

怪我をした彼らに回復魔法で協力する事も出来る。

私も彼に負けないように、この国のために頑張ろう。

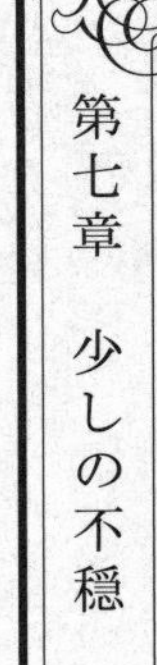

第七章　少しの不穏

騎士団で回復魔法を使った日から数日が経ち、今日は魔物討伐の日だ。

騎士団が定期的に周囲の魔物を討伐し、町へ近づかないようにするためのもの。

この間の団員達が怪我をした時のような突発的な討伐ではない。

あれは町の近くに危険なタイプの魔物が敵意を持って近づいて来た時に行う討伐だ。

「気を付けてね。待ってるから」

何度見送っても、この日の見送りだけは慣れる事が出来ない。

戦いに行くという事がわかっている日、多かれ少なかれイルが怪我を負ってしまう日だ。

額に触れた彼の唇も、いつもとは違って照れでは無く心配の感情の方が勝ってしまう。

それでもイルとした約束を守って待っていると口にする。

以前イルが怪我をした討伐でも、当時まだ恋人でなかった私が告げた「待っている」という言葉が励みになったと言っていたから、討伐の日はその言葉で送り出すと彼と約束していた。

「アトラ、イルが無茶しそうになったら体当たりしてでもその場から弾き飛ばしてね」

「……アトラの体当たりの方が魔物の攻撃よりも強そうなんだが」

返事の様に嘶いたアトラの頭を撫でて、君も気を付けてと声を掛ける。

賢い馬だし、私の言葉も理解してくれているはずだ。

「また明日。帰って来るの待ってるからね」

「ああ、行ってくる」

「いってらっしゃい」

アトラに飛び乗った彼の背が見えなくなるまで見送ってから、お店を開ける作業を始める。

何もしていないと心配ばかりしてしまうし、この先この討伐が終わる事はない。

今日もいつも通りお店を開けるのは、私がいつも通りに過ごすための練習でもある。

ふうっ、と長すぎるくらいに息を吐き出して、店内を見回した。

討伐は泊りがけ、イルは明日まで戻らない。

この日はオセルに来たばかりの日々と同様に、私は一人きりになる。

「頑張ろう」

騎士団の人は討伐に行っているか留守を守っているかなので、お店には来ないのだが。

今までは一人の店内で読書をして過ごすだけだったが、今日は別の可能性もある。

その考えはお店を開けてしばらく経った頃に、頭の中で鳴り響いた来店の音楽が正解だったと教えてくれた。

「いらっしゃいませ、ブランさん」

「こんにちはツキナさん。今日もよろしく」

穏やかに微笑みながら入って来たブランさんは、唯一のお城の関係者ではないお客様だ。

銀色の髪と雪のような白い肌が今日も眩しい。

仲良くはなったが、いまだに私はこの人の性別を知らなかった。

一度失礼を承知で聞いてみたのだけれど……。

『ふふ、さあ、どっちだと思う？』

にっこりと笑った笑みで誤魔化されてしまった。

どうやら聞かれる事が多いらしく、面白いからとその質問にはすべてこの返答なのだとか。

本当に、いったいどちらなのだろう。

線の細さは女性に見えるが男性だと言われても違和感はないし、声はハスキーボイスの女性でも問題無いくらいの程よい低さだ。

仕草も男性でも女性でもおかしくない動き方なので、まったくもってわからなかった。

この世界に友人がいない私としては、ちょっとだけ女性であってくれないかなとは思っているのだけれど。

通ってきてくれている間に仲良くなって、お互いさん付けで話しつつも敬語は取って話すようになった今はなおさらそう思う。

いつも通り大量の注文を受けて、そしてこれもいつも通り、作っている傍らでブランさんが話しかけて来るのに答えて雑談を交わす。

討伐の事で頭がいっぱいにならなくて済むので、今日は本当にありがたい。

……イルと仲良くなり始めた頃もこうして料理中にカウンターを挟んで話していたっけ。

まだ一年程度しか経っていないにもかかわらず、なんだか懐かしいと思ってしまう。

「ここの料理が美味しすぎて町の飲食店に行く回数が減ったよ。どこに行こうかな、と思った時にはこの店に足が向いているから」

「ありがとう、気に入ってもらえてよかったよ。ブランさんが話してくれるから外国の料理にも挑戦出来るし」

「私は見たり食べたりしただけでレシピは知らないんだけどね」

そんな風に色々な会話を交わしている内に、話は騎士団の事に移っていった。

「今日がオセルの討伐の日なんだね。町が少しざわついていたよ」

「でしょうね。今日はみんな国の外には出られないですし」

討伐に関しては町の人が外に出て巻き込まれないために告知されるので、町にいれば知る事が出来る情報だ。

どの国でも定期的な討伐は行っており、それを告知するのも共通らしい。

自国民もだが、他国の人々を巻き込んでしまえば国際問題に発展しかねないし、告知はするから討伐個所に近寄らないでくれ、というのが各国の共通認識だ。

過去に争い合っていた国があった時も、討伐の時だけは近寄らないルールが守られていたというのだから筋金入りだろう。

前の世界では考えられないような事でも、魔物が出るこの世界では絶対に守らなければならないルールが色々と存在している。

それにこの世界の魔物退治というものが私が想像していたのとは少し違っていて、本で知った時に驚いたのが少し懐かしい。

そう言った面も含め、この世界の常識というものにもずいぶん慣れてきたと思う。

「君も心配だろう？　婚約者が討伐に行っているんだから」

「そうだね。でもこれは慣れなくちゃいけないものだと思ってるし」

「今回の討伐は救世主様も共に向かったと聞いているし、少しは安心なんじゃないかい？」

「……そうなの？　それなら安心かも」

仲が良かったとしても、騎士団について話して良い事と悪い事があるのは理解している。

団員達相手ならば問題ない事でも、他国のお客様であるブランさんには話せない事は多い。

この人は私がヨウタさんの魔法にアドバイスをしている事もお城の魔物騒動の事も、町の人に発表された事しか知らない。

魔物騒動は誰かが引き入れた可能性が高いという事は伏せられているし、私ももしその場に居合わせなければ教えてはもらえなかっただろう。

町の人に向けた情報か城に出入りする上で知っていた方が良い情報、そして騎士団長の婚約者という立場で知っていた方が良い情報ならばイルは教えてくれるが、それ以外の事はイルは話さないし私も聞く事はない。

気になった事があってもイルが口を濁せばそこで止めるし、深入りはしないと決めている。

イルの仕事が責任あるものだからこその線引きだ。

そのため、私はある程度の事は知らないふりをしてブランさんと会話する事がある。

「今日は行商の店もほとんどの人が畳んでいるよ。みんなあまり家から出てこないから」

「やっぱり多少の不安はあるんだね」

「そりゃあね。討伐中の魔物は気が荒くなってるし、ただ去年来た時よりも出歩いている人は多いかな。大魔法の結界があるから町の中は安全だし。あ、そうだ」

調理が一段落したところで、ブランさんがカウンターに大量の布地を広げた。

このお店に合うような落ち着いた雰囲気の様々な柄の布が、所狭しと並べられる。

「ブックカバーにする布が見たいって言っていただろう？　友情価格で値引きするから、気に入ったのがあったら買ってね」

「わ、ありがとう！　すごい、綺麗な布が多いね」

「ゆっくり選んでよ。また長居させてもらうつもりだから」

「うん、あ、料理できたから運ぶね。お待たせしました」

「やった、今日も美味しいご飯をありがとう」

いつものテーブルへ山のような料理を運んで、持って来てくれた布地を見つめる。

どれもこのお店に合いそうな私好みの物だし、〃友情〃価格という言葉も嬉しい。

私の心の中を察して選んだ言葉だとすれば、ずいぶんと商売の上手い人だ。

最終的にブランさんが帰る時には全体の半分くらいの布地を選び終え、結構な割り引きを貰って購入する。

「え、安すぎない？　大丈夫なの？」

「この国に滞在するための費用がかなり浮いてるからね。このくらいで売っても問題無いくらいに利益があるのさ。なんせ一番かかる予定だった食費が冗談みたいな価格しかとらないこのお店のおかげで半分以下に抑えられそうなんだから」

茶目っ気のある含み顔でブランさんが笑う。

「本当に良い店を見つけたよ。雰囲気は落ち着いていて過ごしやすいし、料理はおいしいし、読みたくて諦めていた本がたくさん置いてあるし……森の奥すぎるのが難点だけど」

「あ、はは、でもその分店内はお客様が来なくて静かだから」

「確かに。お客さんが少ないのはこちらとしては嬉しいけどね。でもまさか各国でも強いって有名な騎士団長の婚約者がやってるお店だとは思わなかったよ。ああ、そういえば町で君の事を聞いたんだ」

「……町で？」

いったい何の事だろう、救世主の事ではないと思うのだけれど。

「オセルの国営の病院で高度な魔法が使われた回復薬や毒消しの薬なんかが使われるようになった、っていう話が実際に使われるようになってからすぐに出てたんだけど。それを作ったのは騎士団長の婚約者の女性だって聞いて、君の事だなって」

「ああ、その話」

確かにその話ならば特に隠していたわけではない。

イルが有名人なのでその婚約者が作ったという話はすぐに広がるだろうと思っていた。

一定の評価を得ることに成功した私の薬は国営の病院に普及し始めている。

よく買い物に行く町で私の顔と名前が一致する人が薬の件を知った事で、お礼を言われる事が増えてきたくらいだ。

雪国という場所柄、基本的に雪除けのフード付きマントを頭から被っている事が多いので、顔が見えにくいこともあってそこまで騒がれはしないけれど。

ただブランさんの様に私の立場を知っている人にとっては、婚約者という単語ですぐに私の顔が浮かぶのは当たり前の事だろう。

「今は国営の病院にしか売っていないって聞いたけど、専属契約かい？」

「ううん。試しに国営の病院だけ、って事になってる感じかな」

「へえ、じゃあ今後は一般販売される可能性もある訳だ」

「どうだろう？　商売人目線で見て需要ある？」

「あるどころの話じゃないよ。みんなこぞって売り買いしたがると思うよ。どの薬もかなり高度な魔法を使って作られているし、値段はこの店と変わらないくらいに破格だ。多分もっと高くてもみんな何も言わないよ、勿体ない」

若干早口でそう言ったブランさんは商売人であるためか、納得がいっていない様子だった。

確かに安いけれど……騎士団にはもっと安く売っている事は言えないな。

「もしも一般販売する時は私にもチャンスをくれると嬉しいな。定価の倍で売って来るから」

「わざと安くしてるんだけど」

「差額は私が貰うから大丈夫」

「それ全然大丈夫じゃないよね？」

ふふふ、と笑うブランさんからは本気具合を窺う事は出来ないが、もしも他国にも売りに出すという時は声を掛けてみても良いのかもしれない。

最優先はオセルなので、もちろんイルやアンスルさんに相談してからになるが。

「じゃあ今日は帰るね。また来るよ」

「はい、ありがとうございました」

雪除けのマントを羽織って店を出ようとしたブランさんが、そうだ、と私を振り返る。

「ええと……」

「どうかした？」

「あー……最近ちょっと、その、きな臭い国があるんだ。気を付けて」

「う、うん、ありがとう。ブランさんも気を付けてね」

「……うん」

ぐるっと店内を見回したブランさんが、最後に私の顔を見る。

いつもの笑顔ではあるのだが、なんだか少し戸惑っているように見えた。

「本当に、どうしたっていうんだろう……この店は不思議な場所で、君も不思議な人だね」

「えっ」

「また来るよ。ここは今まで生きてきた中でも特別に居心地が好いと思える場所だから」

「うん、待ってるね」

「……うん、待ってて」

どうしたのだろう、そう思っても本人がこれ以上聞いてくれるなといった雰囲気を出しているので聞くわけにもいかない。

お店を出る時にまたね、と笑ってくれた顔はいつも通りの笑顔に見えた。

不思議に思いつつも何か出来るわけでも無く、一人きりの家で眠りについた翌日。

騎士団の討伐が成功したと、イルが任務の際に置いていく通信機に連絡が入った。

これは騎士団で使っている物の簡易版で連絡を受ける事しか出来ないが、こういう討伐の際に騎士団の家族に配布される物らしい。

返事をする事は出来なくても、イルが無事だとわかってホッとした。

今日の夕方には帰ってくるだろうし、イルの好物でも作っておこうと決める。

お義母さんが教えてくれたイルの実家で作っていたというスープは、私にとってもお気に入りの一品だ。

まだ結婚前だというのにお義父さんお義母さんと呼ばせてくれるイルのご両親には、訪問するたびに温かく迎えてもらっている。

そのうちまた遊びに行かなくては、と思いながら箱に詰めた回復薬を持ち上げた。

討伐の際に結構な量を消費してしまうので、出来れば今日届けてほしいと言われている。

そうして騎士団へ向かった私を待っていたのは、いつもと違いピリピリとした空気と、いつも仲良くじゃれ合っていたヨウタさんと若い団員達が無言で背を向け合っている光景だった。

驚いている内に彼らはそれぞれ建物の中に姿を消してしまったし、回復薬を手渡した団員もどこか様子がおかしい。

「あの、討伐で何かあったんですか？　誰か怪我とか」

「いえ、大丈夫です。回復薬と城の人間の回復魔法で間に合うレベルでしたから。ただ……」

どこか沈んだ様子の団員が重そうに口を開き零した言葉は、私が想像もしていなかったものだった。

討伐は成功したというのに暗い雰囲気の騎士団本部から出て、家へと戻る。

夜に帰ってきたイルの無事は本当に嬉しくて、いつもよりもずっと速いスピードでご飯を美味しそうに食べだした彼の仕草も本当に嬉しい。

ただ、昼間の騎士団の様子が気になってしまって、夕食後にお互い何かあったか報告しあっている時に思い切って切り出してみた。

「あのさ、イル」

「どうした？」

「もし言えないなら言わなくて大丈夫なんだけど、討伐でヨウタさん何かあったの？」

ピタッと動きを止めたイルが、私の顔を覗き込むように見つめる。

その表情は騎士団長の仕事をしている時のものとよく似ていた。

「配達に行ったと言っていたな、君の目から見ても明らかな異状があったんだな？」

「うん。いつもは若い団員さん達とヨウタさんが楽しそうにしてるのに、しかめっ面でお互いに背を向けて別行動してて。他の団員もヨウタさんと目を合わせないようにしてるように見えた。それに……」

あの時、何かあったのか聞いた私に団員が告げた言葉が頭から離れない。

『いえ、ヨウタさんと意見が合わなくて。説得はしたのですが、やはり救世主の方とは……』

嫌な事を思い出すようにそう告げた団員は、この前一緒に強くなると言っていたヨウタさん達を見送った人の一人で……そして以前の救世主騒動の事を強く嫌悪している人だった。

ぎこちないだけでにらみ合っている訳では無いので、前の騒動の時とは違うと思いたい。

ただほんの少しだけ嫌な予感がした。

何があったのかはわからないが、あの人だけでなく騎士団全体がたった一日であんな冷たい空気になるなんて信じられない。

その事を告げると、イルは合点がいったと言わんばかりに苦笑した。

「討伐自体はうまく行っていたんだ。彼もしっかり協力してくれていたし、終わり間際になるまでは団員ともいつも通り穏やかな空気だった。だが予定していた数の魔物討伐が終わり帰城する事になった時、魔物がもう一匹現れたんだ。出て来た場所は隣国との国境の向こう側、魔物の討伐は各国で一度に倒せる数は決まっているし、そもそも勝手に他国の領地で武器を振る訳にもいかない。その魔物が誰かを襲っているならば話は別だがな」

「そっか、それはそうだよね」

「魔物の種類によっては倒しすぎると逆に活性化して人を襲いだすものもいるし、そもそも倒し過ぎるわけにはいかない。それぞれの国での目安も決められている」

「全部倒せばいいってものじゃないものね」

「……彼も君の様に納得してくれればよかったのだが。目の前に人を襲う可能性がある魔物がいるのにどうして倒さないのかと、強引に国境を越えていこうとしてな。幸い森の中の関所も見張りも無い場所だったが、それでも他国へ勝手に、それも騎士団が武器を持って入る訳にはいかない。その場で説得したのだが、人を襲う魔物を放っておくというのがどうしても納得できないようで、団員と口論になったんだ。それを引きずっているのだろう」

深刻な事になっていそうで冷や汗が零れた。

ヨウタさんの心境は同じ平和な国から来たという事で何となく理解はできる。

けれどそれと同時に国同士の都合というものがあるのもわかっている。

ただ彼は救世主になりたいと努力しているし、理解は出来ても納得し難いのかもしれない。

「大丈夫なの？」

不安になって聞いてみるが、どうもイルはあまり気にしていないようだ。

少し苦笑する程度で、前の救世主騒動の時のようなピリピリした感じは無い。

「彼の訴えは俺たちが皆通って来た道だ。騎士団に入りたての若い頃、俺もベオークも当時の団長に何故倒してはいけないのか、たった一匹じゃないか、と食って掛かった事がある。ヨウタ殿と仲が良い団員なら騎士団の中でも若手だろう。ついこの間まで俺に同じように訴えていた団員達だ。彼らも理解はしても納得出来ない部分がまだ心に残っている。それもあって素直に訴え続ける事の出来る彼へ複雑な思いを抱いているのだろうな」

「……イルにもそんな頃があったんだ」

「まあな、今だって全て納得できているわけではない。年を取ってやりたくてもやってはいけない事への耐性が出来ただけだ」

ただ、と少し考える様にイルが続ける。

「彼が魔物の討伐に参加してくれるのは俺達にとっても助かる事だ。かといってこのままではまずいし、俺かベオーク、いや、騎士団の幹部に上手く話してもらう事にしよう。俺達も行ければいいのだが今はハガルの事が最優先だ」

「ハガル、ってここの隣の国だよね？　確か少しトラブルになってたって言ってた」

「ああ。隣と言っても海を挟んで、だがな。君にも伝えておこうと思っていたからちょうどいい。君がこの国に来る少し前、ハガルから同盟を結ばないかという要請が来ていた。向こうは軍事力の高い大国、同盟とはいえこの国には不利な事ばかりで出来れば避けたい申し出だったのだが、そうすれば攻められる可能性もあって頭の痛い問題だった。考えさせてほしいと言って期限を延ばし延ばしにしていた時のあの救世主騒動だったんだ」

「うわあ……」

「ただあの騒動のおかげというのもなんだが、この国に君が大魔法で結界を張ってくれただろう。おかげでハガルはこの国を攻めるのが不可能といっていい程に難しくなった。あの結界は外からの攻撃をほとんど無効化してくれるからな。おかげで同盟とは名ばかりのあの要請は断る事が出来たのだが……君が城内で魔物に襲われただろう?」

「ああ……え、あれってハガルのせいなの?」

「確実では無いがな、ただ結界がある以上は誰かがわざと入れない限り魔物は国の中には入ってこない。おかげで俺達の魔物討伐も範囲を絞れる様になったくらいだ。だからこそ、あの魔物は結界や救世主について探りに来たハガルの人間が入れたのではないかと思っている」

「私の事が気付かれてる、って事?」

「いや、おそらく探っているのはヨウタ殿の事だろう。結界を張った救世主とは別だが、二人目の救世主の存在を聞きつけて探っているのだと思う。前の救世主の事も探ってはいたのだろうが、あの調子だったからな」

確かにイルから聞いた様子だと利用したくても利用できなかっただろうな、なんて思いながらイルの話に耳を傾ける。

「君も注意した方が良い事に変わりない。ここは人目にはつきにくいが配達で城へ来る時もあるし、結界玉だって作製できる人間は少ないんだ。念のため一人では行動しない方が良い」

「わかった。まあお城への行き帰りは寄り道しない限りは魔法で一瞬だし、お城の中はそれこそ警備が厳重になってるから一人で歩く事ってまずないけど……あ」

「何かあったのか?」

「最近お城の人じゃないお客様が来てくれてるって言ったでしょう？　その人が昨日も来てくれたんだけど、きな臭い国があるから気を付けろ、って」

「ハガルの事はあまり知られていないはずだが」

「行商に来てるって言ってたからそういう情報には敏感なのかも」

ブランさんから買った布の山を指さすと納得したように頷いたイルだが、その表情はどこか険しい。

「何か引っかかるの？」

「ああ、そのブラン、という人物はどんな見た目だ」

「見た目？　そうだな、いまだに私は男なのか女なのかわからないくらいに中性的な人だよ。線の細い人」

「髪と肌の色は？」

「銀髪で色白な人だよ。肌はイルよりも白いかも」

「……見た目は魔法で変えられるから何とも言えないが、ハガルはここと違って年中暑い国だ。国民のほとんどは褐色の肌をしている。金色の髪の人間が多いが、それはオセルにもいるからあまり目安にはならないか。ベオークも金髪だしな。すべて疑うとなるときりが無いが、それなりに警戒はしておいてくれ。ひとまず移動魔法の媒介は常に持っておいて、何かあれば城の前まで来てくれればいい」

「うん、わかった。それにしてもせっかく平和になると思ったのにね」

「平和にはなっている、間違いなくな。結界の事でも、結界玉や回復薬の事でも。ツキナは名乗り出ていないだけでしっかり救世主の仕事をしているさ」

「ありがとう」

「……ツキナ、今度どこかへ行かないか？」

「えっ」

「忙しいとはいえまだ通常通り休みは取れる。たまには二人で出かけよう。ヨウタ殿の事ばかりでなく俺の事もかまってくれ。拗ねてしまうぞ」

「え、あははっ、もう、なにそれ」

冗談交じりの言葉に噴出して、了承の言葉を返す。

私だってイルと一緒に出掛ける事が出来るのは嬉しい。

イルの休みを楽しみにしながら、慌ただしい一日は終わった。


そうして数日後、騎士団の本部を訪れた私は、相変わらずの空気の中でそれでも人を手助けしているヨウタさんを見かけた。

沈んではいるし、人との距離も空いているのだが、彼自身が良い人である事に変わりはないため、みんな戸惑っているだけのようだ。

本部でアイテムを渡している時にも、メイドさんを手伝って重い荷物を持ったヨウタさんは訪れた。

そこで彼の顔を見て、ふと思いつく。

もしかして、彼は私が以前していたのと同じ勘違いをしているのではないだろうか。

「あの、ヨウタさん。申し訳ないんですけど討伐の事をお聞きして」

ぎょっとした顔でこちらを見るアイテムを受け取った団員と、ヨウタさんの友人の団員達。

気まずそうに笑ってごまかそうとしたヨウタさんに慌てて話を続ける。

「その、もしかしてですけど、ヨウタさんは魔物って絶滅させるわけにはいかない事を知らないのかなって、思って……」

「……ええっ！」

目を見開いてその場で硬直したヨウタさんを見て、ああ、やっぱりな、と思う。

私も前の世界の物語の影響が強すぎて、魔物について調べるまで知らなかった。

驚いたヨウタさんを、これまた驚いた顔で団員達が見ている。

「だ、だめなんですか？　絶滅したら平和になるんじゃ……」

「ええと、ですね。ヨウタさんの世界に人を襲う動物っていました？　いつもじゃなくても、人を食べてしまうとかの強い動物」

知ってはいるが、敢えて知らないふりをして問いかけた。

ぎこちない動きで私の問いを肯定したヨウタさんに、私が元の世界について知っている事を気付かれないように慎重に言葉を選びながら話し続ける。

「多分ですけど、そういう動物たちも絶滅させるのはまずいという話だったと思うんです。魔物も同じでこの世界の生態系の一部ですので、絶滅してしまうと巡り巡って人間の方まで被害が来てしまうんです。ですから人間がある程度平和に暮らせるくらいの数を討伐して、後は被害が起きない限りはそのままなんです」

元の世界では小さな虫が一種類絶滅しても影響があると言っていた人もいる。

この世界も同じで、生態系の中に魔物がいる形だ。

確かに魔物だってこの世界で生きているのだから、少し考えれば当たり前の事ではあるのだが、物語の影響ってすごい。

魔王という存在もいるのだが、よくゲームに出てくるような人間すべて滅ぼしてやるぞ、みたいな存在ではなく読んで字のごとく魔物たちの王というだけ。

まあ、人間を襲う事を楽しんではいるのではほとんどの国と敵対はしているのだけれど。

「そ、そうだったんですか。そう、なんだ……俺、知らなくて、単純に全部倒せば何の問題も無く平和になるって、思っていて」

ヨウタさんが言葉を切った瞬間、後ろから走り寄ってきた彼の友人達が一斉に頭を下げた。

すまん、という声が辺りに響き、驚くヨウタさんに向かって団員達が口を開く。

「お前が違う世界から来たって事、忘れてた。そうだよな、常識も生態系も違うんだもんな」

「変に責めるような真似して、避けてごめん！」

「い、いや、俺が勉強不足だっただけで、こっちこそごめん」

彼らを皮切りにその場にいた団員達がヨウタさんの周りに集まり、騎士団本部の空気の冷たさはようやく落ち着いた。

良かった、と胸を撫で下ろす。

世界のすれ違いなんてもので、あの優しい空気が壊れなくて本当に良かった。

話が城内に広がったのか、私がいる間にもヨウタさんにはたくさんの人が会いに来た。

謝って、そして笑顔になったヨウタさんと楽しそうに会話して去っていく。

いつもの光景にホッとしていると、配達が終わった私に向かってヨウタさんが門まで送っていくと言ってくれた。

道中たわいない話をして、門の前で別れたのだけれど。

彼が別れ際に言った言葉はしばらく私の胸の中に残る事になる。

「大魔法も使えない、剣での戦闘も弱い、魔物退治も俺が思っていたものとは違う、それならどうすれば俺は世界を救えるんでしょう？　俺は救世主になれるんでしょうか」

「……大魔法が使える事が救世主の仕事じゃないと思います。ヨウタさんがいつもやっている誰かを助けるっていう行為は、十分誰かを救っていると思いますよ」

「……ありがとうございます。やっぱりツキナさんにそう言ってもらえると安心します。勝手にですけど、俺の中でツキナさんは姉ちゃんみたいな存在で固定されちゃったみたいで」

照れくさそうに笑った彼だが、私の言葉に納得しているようには見えなかった。

私の言葉は最近私がイルから貰った言葉の受け売りではあったが……本当の彼のお姉さんなら今の彼になんというのだろう。

ヨウタさんの悩みをいつも聞いていたというその人なら、彼の不安を払えるのだろうか。

それからしばらくしてヨウタさんに変化がじわじわと起こり始めた。

アイテム配達に行く日はこの間のような緊急事態が起こらない限り事前に連絡してあるためか、城門を潜ったところでヨウタさんが待っているようになったのだ。

初めは偶然かと思ったのだが、数回続いた後は、これは確実に私を待っていると判断してイルに相談はした。

イルが軽く調べてくれた所によると、私が話してくれた事で騎士団の人たちと以前の関係に戻れたのが嬉しくて力になりたいと言っているようだ、との事。

姉ちゃんと話してるみたいで、家族を思い出してほっとする、とも言っていたらしい。

家族と離れ、救世主としての在り方に悩む彼は少し追い詰められているようにも見えて、イルにも少し様子を見てやってくれと頼まれた。

ハガルの事もあるので、もうこの行き帰りについてはイルのお言葉に甘えて、ヨウタさんに手伝って貰いつつ話を聞いている。

ヨウタさんの言動は何も変わっていないはずなのに、どこか切羽詰まっている様子が気にかかったという事もあるけれど。

魔物をすべて退治、という救世主としてやるべきだと思っていた目標がなくなってしまった事に対して焦っているのかもしれない。

それでも救世主として悩んでいる彼は必死に勉強を続けていて、私を含めて協力してあげたいと思う人は多かった。

「あの、ツキナさん。実はお願いがあって」

「お願い、ですか？」

ある日、騎士団本部でヨウタさんが声を落として話しかけてきた。

少し離れたところでは団員さんがアイテムを数えている。

「実はツキナさんに相談したい事があって」

「私に？」

「以前魔法の事で困っていた時にツキナさんに聞いたら解決した事が多かったですし、この間の魔物についての事でもツキナさんのおかげで城の皆とすれ違ったままにならなくてすみました。それで、今悩んでいる事も何かヒントがもらえたら、って」

「私の答えが役に立つかはわかりませんけど、それでもよければ」

「ありがとうございます！　あの、出来れば二人になれないでしょうか？　他の皆さんには聞かれたくなくて。ここで無理なら、休日に出掛けても良いですし、駄目ですか？」

少し俯きがちにそう言ったヨウタさんに、悩みって何だろうと考えていた私は酷く面食らう事になってしまった。

さすがにそれは無理だ、ただ同じ救世主として協力したい気持ちはある。

けれど二人きりでというのならば、それは線引きの向こう側だ。

逆に考えて、イルが騎士団関係の女性に相談したい事があるから二人きりになりたい、休日に二人で会いたいと言われて会っているだなんて、考えただけでも嫌で嫌でたまらない。

そしてそういう事はイルはよほどの事でない限り断ってくれるであろう事も知っている。

「あの、ですね」

「はい」

他意が無いとわかっている分言いにくい、けれど言わなければ。

適当な理由をつけて断る程度では、彼はいつまでも私を誘い続ける事になってしまう。

「ええと、相談に乗りたい気持ちはもちろんあります。ここで、いつもの様に騎士団の方々やアンスルさんがいる場所でなら私も喜んで相談に乗ります。ですが、その、私実は婚約しておりまして、結婚予定の相手がいるんです」

大きな口を開けて固まってしまったヨウタさんは本当に驚いている様だった。

誰かこの人に私とイルの関係を教える人はいなかったんだろうか。

人数が多すぎる騎士団だからこそ、誰か言ってるだろうという事なのか。

そういえば私がここに来てイルとの話が出た時は、毎回この人はその場にいなかった。

イルの結婚式の話題が出たとしても、相手が私だという事までは聞いていなかったのかもしれない。

「だからごめんなさい。あなたに他意がない事はもちろんわかっているんですが、それでも婚約者以外の男の人と二人きりで出かける事は出来ないです。すみません」

「あ……い、いえ！　俺も妙な事を言ってすみません。もう少し自分で考えてみて、それでもだめそうだったらみんながいる所でもツキナさんに相談します」

「すみません、でも無理はしないで下さいね」

「……はい、ありがとうございます」

その日、久しぶりに彼は帰宅する私を送る事なく、そして魔法について聞く事もなく部屋へと戻っていった。

姉のようだと慕ってくれていた彼には悪い事をしてしまったが、それでもこれは無理だ。

おそらく私が二人きりになるのを避けていたので相談する機会がなく、今回声を掛けてくれたのだろうが。

けれどたとえイルとこの間のような会話をしていなかったとしても、二人きりで出かけたいと言われたら私は断っただろう。

彼には友人も多いし、アンスルさんのような知識が豊富な師匠もいる。

私はいくら彼のお姉さんに似ていたとしても本人ではない。

それならば私以外でも有益な答えを出してくれる人はいるはずだ。

しかしそれから数日後の訪問の際、ヨウタさんが更に焦ったように話しかけてくるようになった事に気が付いて頭を抱える事になった。

誘われはしないが、私が一人になりそうなタイミングを窺われている。

おまけに団員達がさりげなく私とヨウタさんの距離を空けようとしている事にも気が付いてしまって……これは絶対にこの間の声を落とした会話が聞かれていたな、と確信する。

しかしなぜ、と思っていた私の疑問は、そこから数日後に解決する事になった。

夜のブックカフェは森の中にある事もあって静まり返っており、笑い声だけが店内に響いている。

四人掛けのテーブルに腰掛け、隣にはイル、その前にベオークさん、そして私の前には美しい金色の髪の女性が座っていた。

「ベルカ様、また抜け出したんですか？」

「あらいやだ、お父さま公認の夜のお散歩よ。たまには夜のデートも良いと思って。ねえベオーク」

「ああ、そうだな。俺も君と出掛けられるのは嬉しい」

ふふふ、と笑い合うベオークさんとベルカ王女を見てイルがため息を吐いた。

私も苦笑いしか出て来ない。

いつも不敵に笑っているか、それともイルをからかって楽しそうに笑っているベオークさんが婚約者であるベルカ王女に向けてとろける笑顔を見せているせいで、余計に居た堪れない。

愛しくてたまらないといった笑顔をベルカ様に向けるベオークさんを初めて見た時は驚きで声を失ってしまったが、最近はずいぶん慣れてきた。

が、居た堪れない気持ちだけはあまり変わらない。

初めて彼女たちが訪問して来た時は緊張で倒れそうだったが、こちらも慣れてきたのとベルカ様が気軽に話してと言ってくれたおかげで普通に迎える事が出来るようにはなったけれど。

イルとベオークさんの前には彼らが好む強めのお酒、私とベルカ様の前にはかなり弱めのお酒が置いてある。

彼女は今お酒に体を慣らしつつ、自分の限界を知るための訓練の最中だ。

ここならば騎士団のトップ二人が揃っているし、カフェ自体にも強い結界が張ってあるしで、酔って何かあっても問題無いという事らしい。

「いやあ、いつ来てもここの料理は美味いなあ」

笑いながらご飯を食べて、お酒を飲んで、色々な話題で盛り上がる時間。

全員酔って暴れるタイプでも無いので落ち着いた飲み会だ。

いつもはこうしてしばらく飲んでから、イルとベオークさん、そしてベルカ様と私に分かれて色々話し込んでいるのだが。

「そう言えばツキナちゃんから見てヨウタ殿とうちの団員はうまく行ってそうか？　一応上の立場の団員に話すように頼んでおいたが、結局ツキナちゃんが解決しちまったな」

「騎士団の本部の空気が悪くなったと聞いた時はまた以前の騒動の再来かと思いましたわ。無事に元に戻ってわたくしも嬉しいです」

「あ、ああ、そうですね」

後でイルには報告しようと思っていた人物の事がいきなり話題になって、あからさまに声が裏返る。

三人が驚いたようにこっちを見たので、失敗したなと冷や汗をかいた。

楽しい飲み会にこの話題を持ち込むつもりはなかったのだが。

「ツキナ？」

「何かあったのか？」

「あぁ、その、実はですね……イルには後で報告しようと思ってたんだけど」

ヨウタさんに二人で出かけないか誘われて断った事、最近配達日に毎回彼が待っている事、騎士団の人たちがさりげなく私とヨウタさんの距離を離そうとしている事。

最近あった事を説明していく内にイルの顔が引き攣っていく。

やっぱり今は誤魔化して後から話すべきだっただろうかとも思ったが、そんなイルの様子を見たベオークさんがバシンとイルの背を叩いた。

「まあ誘われた事は引っかかるが目的は悩み相談だし、ツキナちゃんも断って報告までしてくれてるじゃないか。そこは特に問題じゃないだろ。だが、焦っているのとうちの団員の動きは気になるな」

「でもなぜツキナさんを誘うのかしら？　普通は同性の方に相談するのが先ではないの？」

「ヨウタさん、元の世界に年の離れたお姉さんがいるらしいです。その人の事を本当に尊敬していて、悩みもお姉さんに相談していたそうですよ。そのお姉さんと私の雰囲気が似ているそうです」

「……そう、姉、ねえ」

「ああ、団員達も話してたな。ツキナちゃんに姉ちゃんって呼び掛けてたって」

「それは俺も団員達に聞いていたが……それに加えて以前の討伐の際の問題が解決した事もあるんだろうな。魔法がうまくいかなかった時もツキナに聞いた事で成功していたというから、相談すれば解決すると思っているのかもしれない」

「この間も言われましたね。ヨウタさんの中で私は姉ちゃんみたいな存在として固定されちゃった、って」

「団員達の妙な動きはヨウタ殿の家族が関わってくるからかもしれないな。ヨウタ殿は家族仲も良好だったようだが、その家族と引き離されて会えなくなってしまったにもかかわらずオセルのためにと必死に努力を続けてくれているわけだ。団員にとってはそういう面に加えて仲良いヨウタ殿がツキナちゃんを姉の様に慕う事を止めにくい、だがイルの婚約者である女性に近付き過ぎるのもまずい気がして、さりげなく離そうとしているのかもな。二人で会いたいって言ってるのを聞いた事もあるだろうが」

「なるほど……あ」

「どうかしまして？」

私が思わず上げた声にベルカ様が首をかしげる。

そうだ、この間の会話で私がヨウタさんに言ったのは婚約者がいるという事だけ。

「その、二人で会いたいっていう誘いを断る時に婚約者がいるから異性と二人で出かけるのは無理だと話したんですけど、ヨウタさん私の婚約者がイルだって知らないんじゃないかと」

「そんなことあるか？　この間だってイルとツキナちゃんは騎士団で会って……そういえばヨウタ殿は友人の見舞いに行って不在だったな。騎士団でもイルの結婚が近いという話はしていたが、その相手がツキナちゃんだっていう話が頻繁に出て来る訳じゃないし。聞いていない可能性もあるにはあるな」

「ヨウタさんはソウェイルのことも慕っておりますわ。憧れているのだと話しているのを聞いた事もありますし、もしも彼が知っているのならばツキナさんを誘う事はないのではないかしら？」

「ああ、確かに。イルが相手だと生まれた世界の単語の説明が短くて会話が楽しいとも言っていたしな」

「え、イルも言われたの？」

「なんだ、ツキナちゃんも言われたのか。さすが本の虫二人だな。簡単な説明でもすぐにどんなものか想像できるのも同じか」

「そうだな」

「あ、はは……そうですね」

しれっと肯定したイルのポーカーフェイスが羨ましい。

そうか、イルだって私とずっと会話しているのだから私の生まれた世界の単語について詳しくなっているんだ。

「なら話は簡単だ。イルとツキナちゃんが婚約者だって教えてやればいい。尊敬してる二人が婚約者同士だと知れば無理に二人きりになろうとはしないだろ。二人がちゃんと仲睦まじいって事を知ればなおさらな」

「そう、ですね」

「悩みがあるなら相談に乗るとも伝えておくか。吐き出し先はあった方が良いし、騎士団もヨウタ殿には世話になっているんだ。俺も一度声を掛けてみよう」

「ソウェイルの事も慕っているのですから、行き詰まった時はちゃんと言ってくれるでしょう。同性の方が相談しやすいこともあるでしょうし、イルが無理ならベオークでもいいのだもの」

「そうだな、イルよりも俺の方が良いかもな」

「すみません、色々と……」

「おいおい、二人の結婚式を一番楽しみにしてるのは俺だぜ？　ヨウタ殿がツキナちゃんに向ける感情がいくら姉に向ける類いのものだったとしても、実際は血縁関係のない異性なんだ。訳を知らない人間から見た時のことを考えるとこのままはちょっとまずいだろ。結婚式前に妙な噂が流れても困っちまう。それに俺だって副団長なんだ。ヨウタ殿の悩みが解決するならいくらでも手を貸すさ。それだけのことを彼はオセルのためにやってくれてるんだからな」

任せろと笑ったベオークさんのおかげで、この問題は解決の方向へ向かいそうだ。

安堵のため息を吐きつつも、少しだけ胸に残るしこりのようなものを押し殺す。

それから話題を変えて時間が経過し、いつも通り男性と女性に分かれてそれぞれ飲み始める事になった。

デートなのにいいのだろうかと思ったが、今日から明日にかけてのデートなのでこの後は二人で過ごすから問題無いらしい。

男性二人は私たちの声をかき消すレベルで騎士団の昔の話で盛り上がっている。

こちらから呼びかけない限り、私たちの話は聞こえないだろう。

イルが大きな声で話す事は珍しく、そのほとんどはベオークさんが相手の時だけなので、やはり彼らは仲が良いと再確認させられる。

少しだけ、羨ましかった。

「ねえツキナさん。先ほどのお話ですけれど……ヨウタさんの事ですわ」

「何かありました？」

盛り上がる男性二人とは別に、ベルカ様と話し合う。

年下とはいえ、王族として幼い頃から教育を受けてきた彼女は酷く大人びており、その洞察力に驚かされる事も多かった。

「あの二人はああ言っておりましたし、ツキナさんも気にしておられないようですが、姉のようだと思われているから相談されたと決めつけてしまうのはやめた方が良いと思いますわ」

「別の感情がある、という事ですか？」

「……ツキナさん、本当は少し気が付いているのではなくて？」

ベルカ様の言葉にちらりとイルの方を見る。

相変わらず盛り上がっており、こちらの話は聞こえていないようだ。

「……それは、彼が私に恋愛感情に似たものを向けているのでは、という事ですか？」

「あら、やっぱり気付かれていましたのね」

ヨウタさんはあの日以来ずっと事あるごとに私を姉のようだと言っていたし、もちろん本心からそう思ってはいるのだろうけれど……それでも引っかかっている事がある。

「婚約者がいる、と話した時に純粋に姉の様に思っているのだったらあそこまで衝撃は受けないと思うんです。表情というか雰囲気というか……ただ本格的に好きだと思われているのとはちょっと違うと思っていますが」

「その辺りはわたくしも同意見ですわ。ですが気を付けませんと、いつ本気で想われるようになるかわかりませんわよ」

「どうでしょう？　彼は私よりも一回り近く年下ですから」

私の言葉にベルカ様があら、と声を上げて意味深に笑う。

「わたくしとベオークも一回り近く離れていますわ。わたくしの場合は押して押して、ひたすら押して、ようやくですがちゃんと意識してもらって恋人同士になりましたの。ヨウタさんだってわかりませんわよ？　若さって怖いものですし」

「……ベルカ様に言われると説得力がありますね。ところでそのベオークさんとのお話、詳しくお聞きしても？」

「まあ、興味がありますの？」

「私の方は今は少し気を付けるくらいの事しか出来ませんし、まずはイルとの関係を知ってもらってから様子を見る事にします。ですので今はベルカ様とベオークさんの馴れ初めをお聞きしたいです」

二人同時にちらりと盛り上がり続ける男性二人へ視線を向ける。

そしてまたお互いの顔を見て笑った。

「わたくしはベオークとは年の差がありますから、出会ってからしばらくはただの子どもとしか見てもらえていませんでした。騎士団に入ったばかりの頃のベオークは……これはソウェイルもですけど、あんな落ち着きは無くて荒っぽいところがありましたので、わたくしの方も特に意識しておりませんでした、子どもでしたしね」

荒っぽさのあるイルの子ども時代が想像できない、けれど見てみたい。

この世界にカメラが無いのが悔やまれるが、もしかしたら似たような魔法があるかもしれないし、今度イルの実家に行った時にお義母さん達にイルの子どもの頃の姿がわかる物がないか聞いてみようと決めた。

「わたくし、王族という事もあって誘拐騒ぎなんて数えきれないほど起こりましたの。ある時助けてくれたのがベオークで、それ以降何故か毎回わたくしの所へ一番にたどり着くのも彼で、今でも一度別の方に助けて頂いたんです。こんな事思ってはいけないのはわかっていますし、今も考えた事を後悔してはいるのですが、どうしてベオークじゃないのだろう、と思ってしまって。そこで自覚しましたの。あの人が良い、って」

少し照れたように笑うベルカ様は、大変なんて言葉では言い表せないであろう幼少期を何とも思っていないように語っている。

けれど当時は本当に怖かっただろう、そこを助け続けたのがベオークさんという事か。

「でもその頃のベオークはある程度成長していた事もあって今の彼に近くて、相当、本当にたくさんの女性から好かれていましたわ」

ミシッ、とベルカ様の持つコップから聞こえた音を必死に気のせいだと思い込みながら彼女の話に耳を傾ける。

「わたくしが想いを告げたところで、彼は恋人をすぐに変える事が出来るほどに好かれていますし、やはり一度目は子ども扱いで断られてしまいました。今は王族の告白を断る事が出来るような国である事を誇りに思っていますけれど、当時のわたくしはずいぶん父を恨んだものです。強制的にベオークと婚約者になれればいいのに、と」

ふふふ、と笑う彼女は今はそんな事を考えるような人には見えなかった。

けれど恋というものをすると、みんな多かれ少なかれそう思う様になるのかもしれない。

「そこからはもう、ひたすらに押し続ける日々でしたわ。ベオークが副団長という地位を手に入れたこともあって、お父さま達からも協力を貰って、のらりくらりと躱すベオークにずっと告白し続けましたの。ソウェイルも途中から協力してくれたのですが、どうしてもうまくいかなくて……ある時心が折れてしまって、もう彼にとっても迷惑だろうし、と告白するのをやめてお見合いでもしようかと思ったのです」

「えっ」

「ふふ。でもそう決めた日の夜、ベオークがわたくしの部屋に来てくれて、わたくしの事が好きだって、断り続けてすまないって、色々とこれまでの自分の想いを教えて下さったんです。あの言葉達は今もわたくしにとって大切な宝物ですわ」

「それで恋人同士になったのですね」

嬉しそうに笑う彼女はそっと自身の胸を押さえている。

ベオークさんの言葉は、ベルカ様が彼女だけのものとして心にしまっておきたいのだろう。

彼女の仕草からそれが痛いくらいにわかって、何を言われたのかを聞くのはやめておいた。

「ただ」

「ただ？」

ぷっ、と彼女がこらえきれないと言わんばかりに笑う。

「べ、ベオークったら何故か頭からつま先までびっしょり濡れていて、おまけにわたくしも好きだと返して恋人同士になったのと同時にマントから魚が一匹落ちてきたんです。信じられます？」

「え……あ、ははっ、本当ですか？」

「ええ。後で聞いたら、ベオークはもうずっとわたくしの事を想って下さっていたそうなのですけど、わたくしとの年齢差や立場を考慮して動けずにいたらしいのです。そこをソウェイルが背中を押すつもりでばしっとやったそうなのですが、文字通り叩いたせいで勢い余ってお城の池に落ちたらしく、でも急がないとわたくしがお見合いに行ってしまうからとそのまま来てくれたそうなんですの。よくよく見れば髪には藻が絡まっていましたし、氷が張っていたせいで体が冷えて次の日から五日間ほど風邪をひいて寝込んでおりましたわ」

「イ、イルったら、そんなに勢い良く叩かなくても」

笑い合う私達に気が付いたのか不思議そうな顔を向けてきた男性陣の顔を見ないように、ベルカ様と二人で笑い続ける。

今、彼らの顔を見たらそれこそ笑い過ぎて息が出来なくなってしまう。

笑いの発作が治まった所で、ベルカ様が声を落として私に告げた。

「ですから、年下だからという事は恋愛感情を持たない理由にはなりませんわ。もう少し意識しても良いと思いますわよ」

「そう、ですね。気を付けます」

具体的な例を聞いたせいか、少しだけ身が引き締まる思いだった。

イルを傷つけるような真似はしたくない、考え過ぎだったとしても問題はないのだから。

それからデートの続きだと言って去っていく二人を見送って、イルと二人で眠りにつく。

なんだかとても楽しい一日だった。

そしてベオークさんとベルカ様がお店に来てくれてから数日後、いくつかの新しく出来たアイテムたちを持って私は騎士団を訪れた。

魔法の基礎部分を勉強し続けているおかげか、以前よりもずっとたくさんの魔法を使えるようになり、今までよりも効果の高い回復薬や結界玉が出来たからだ。

そして初めて成功した、魔物の毒を無効化する効果の付いたアクセサリーを見つめる。

難しい魔法だった、もうずっと練習していたのだがあと一歩のところでうまくいかず試行錯誤していたのだけれど。

それを見た団員達から上がった歓声も嬉しい。

これもきっとみんなの命を守ってくれるだろう。

「これは是非騎士団で欲しいです。買うための許可を貰ってきますので、作り始めて頂いても良いですか」

「はい、大丈夫です」

「あ、ツキナさん！　こんにちは、お久しぶりです！」

「こんにちは、ヨウタさん」

駆け寄ってきた彼と笑顔で挨拶を交わす。

最近彼はいつもよりも部屋に籠っている事が多く、集中したいからと最低限の人との会話しかしていなかったらしく、彼の友人達が心配そうにしているのを見かける。

イルやベオークさんも魔法の勉強に集中したいと言われては無理に押しかけるわけにもいかず、かといっていきなり部屋に行って何の脈絡もなく私とイルが婚約者であることを告げるのもおかしな話で。

いまだに彼に伝えられずにいるのだが、今私が切り出しても良いだろうか。

どうすればさりげなく伝えられるだろう、少し考えながらヨウタさんと会話を続ける。

色々と思う事はあっても、彼が良い人である事に変わりはない。

悩んでいる様子も気になるが、一度断った手前聞きにくいのでどうしようもない状態だ。

そうして団員達を交えて色々と話していると、門の外がざわついたことに気が付いた。

「お疲れ様です！」

「おう、お疲れさん」

「仕事中にすまないな」

なんだろうと顔を上げたのと聞き覚えのある声が響いてきたのは同時だった。

「よう、ツキナちゃん。仕事に行き詰まった旦那連れて来たぜー」

「おい」

「なんだよ、集中できなくなってたのは確かだろ。休憩時間だし何の問題もないぞ」

ひらひらと手を振るベオークさんの後ろにどこか気まずそうなイルが立っている。

この間も偶然会いはしたが、仕事の休憩時間にわざわざイルが私に会いに来てくれたのは初めてだ。

二人はヨウタさんの姿を見つけて少しだけ目を見開いて、また何事も無かったかのように近寄ってきた。

彼がいる事は予想外だったのだろうが、ちょうどいいとも思ったのかもしれない。

「イル、行き詰まっちゃったの？」

「大量に書類が来たんだ。持ち帰りの仕事はあまりしたくないしな」

「ツキナちゃんと過ごす時間が減るもんな」

「ベオーク……お前な」

「事実だろ。ああ、ツキナちゃんこの間はごちそうさん。同棲中の所にお邪魔して悪いな」

「いえ、イルもベオークさんが来ると楽しそうですし、ベルカ様と話せるのも楽しいので」

「なら良かった」

軽く会話を交わした後、ベオークさんは団員達の方へ行ったのでイルと二人になった。

ベオークさんや団員達がヨウタさんと話し始めたのを横目で見てから、イルと話し始める。

彼がいるというだけでなんだか穏やかな気分になるのは、ここが騎士団の本部だったとしても変わらない。

「そういえば私がアイテム配達してる時に会うのって珍しいよね」

「そうだな、君が来る時間は別の仕事をしている事が多いから」

「今日は大丈夫なの？」

「ああ、次の休みの日分までは終わっているんだ。後は細々した物だけだったんだが追加が来てな。それも今日中には終わるとは思うが」

「そっか……あ、そうだ。イルの休みにどこか出かけようって言ってたでしょう。次の休みの時、町で古書の販売市をやるんだって」

「なら行ってみるか。掘り出し物があるかもしれん」

読みたい本はペンダントで出し放題とはいえ、偶然出会った本を買うのも楽しい。

まず出すためには検索しないといけないわけだし、自分が思いつかないような本と出会えるのは実際に売っている物を見た時だけだ。

新しい本が見つかるかもしれないと嬉しそうなイルと話し終え、仕事に戻る彼を見送る。

にやつくベオークさんの背を叩きながら城へと向かって行く二人へ背を向けて、次のアイテムの注文を受け取るべく団員の所へ向かった。

「お二人の結婚式、騎士団一同楽しみにしていますね」

「私は王様たちも参加する式に緊張しっぱなしですけどね」

「それは確かに。ですが王も団長の結婚にはやきもきしていましたから。とても喜んでいらっしゃいましたよ。もちろん俺達も嬉しいです」

微笑ましそうに笑う団員達に恥ずかしくなりながら、注文を受けて家へと戻る。

ヨウタさんの姿は無かったが、ベオークさんと話していたので大丈夫だと思いたい。

イルと騎士団本部で会話してからしばらく経って、二人で出掛ける日はやってきた。

まずは結婚式の会場を見に行こうと話していたので、先にそちらへと向かう。

目的の場所に着くと、あの絵に描かれていた通りの建物が目の前に広がっていた。

騎士団の本部をそのまま大きくして、更に美しく装飾したような建物。

繋いだ手をそのままに中へ足を踏み入れた。

式はまだ先とはいえ、中を見学する事は出来る。

美しく巨大なステンドグラス、並ぶ真っ白な布が掛かったテーブル。

ここで、私はこの人と永遠を誓う事になる。

軽くイルの方へ寄り掛かると、更に強く手を握りこまれる。

式場にいくつかあるというドレスも見せてもらう事が出来た。

これを着るのか、私が……どこかで恋なんて面倒だと思っていた私が。

面倒事なんてごめんだと思っていた私が、きっとたくさんの面倒な事を抱える事になるであろう騎士団長の妻という肩書きを背負う事になる。

それを少しも嫌だと思わないのだから、恋というものは恐ろしい。

「ドレスを選ぶ時、お義母さん一日くらいなら来てくれるかな」

「喜んで飛んでくると思うぞ」

「そっか、嬉しいなあ。バージンロードは出来ればお義父さんと歩きたいんだけど」

「即答で了承されると思うから何の心配もないな」

元の世界で結婚したとしても、私を産んでくれた両親も育ててくれた祖父母も来てくれる事はない。

それはこの世界でも同じで、けれどまるで実の娘の様に可愛がってくれているイルの両親が来てくれるという事がすごく幸せな事に思えた。

花、テーブルに飾る小物、流す音楽、様々なものが書かれたパンフレットを貰ってその場を後にする。

イルと二人、いつもよりもずっと近くで寄り添って、古書市へと向かった。

そして到着と同時に、先ほどまでのしんみりとした気分は弾け飛ぶ事になる。

ガヤガヤと賑わう道の両端に所狭しと並ぶ本、本、本。

「すごい」

「今日の市は大きいとは聞いていたが、壮観だな」

幸い今日は天気も良く、雪は積もってはいるが降ってはいなかった。

その積もった雪を綺麗に除けた道を挟むようにずらりと並んだ古書市。

本の虫の私達にとっては右を見ても左を見ても宝の山だ。

二人とも絶対に買いこむ事が分かっているので物を大量に入れられる魔法をかけた鞄を持ってきた。

入れた物の重さがそのままなのと他の魔法が掛かったアイテムを入れられないのが短所だが、普通に本を入れるだけならばまあ問題はない。

鞄はイルが持ってくれたし私も小さな物をもう一つ作って持ってきたが、これでも足りないくらいだろう。

二人とも本に関わる場所ならば一日いても飽きない性格だ。

こういう時に趣味が一緒だとすごくありがたい。

「……イル、どこから見る？」

「右端からどうだ？　一軒ずつ入って、端まで行ったら折り返して左側の店を見て回る」

「うん、それが良いよね」

気分はもう戦場だ。

宝の山を前に本の虫二人、意気揚々と一番近くにある本屋に足を踏み入れた。

端の店から一軒一軒のぞき込みながら進み、面白そうな本を見つけては買ったり二人で覗き込んだりしつつ、次の店へと移っていく。

鞄が重くなっていくのが嬉しいのは二人とも同じだ。

「イル、こっちにイルが好きそうな本あったよ」

「ありがとう、君がこの間興味を持っていた魔法の教本もあったぞ。この前買った物ではわかりにくかったんだろう？」

「うん、最初に買った本だとちょっと専門用語が多すぎて」

手を繋ぎながら歩いて、興味を持った本がある時は離れて、お互いに本を吟味してから合流してを繰り返す。

ずっとべったりではないけれど、くっついて歩きもする。

そうしたいと思うタイミングがぴったりと合うのでイルと歩くのは楽しい。

色々と見てまわり積もった雪を夕日がオレンジ色に染めだした頃、私達の持ってきた鞄はどちらもずっしりと重くなっていた。

それでも入りきらなかった本がそれぞれの腕に抱えられている。

「今日は食べて帰るか？　俺も君も帰ったらずっと本と向き合うのが目に見えているし」

「そうだね、もう少し見て回ったらちょっと早いけどどこかで食べて帰ろうか」

二人とも帰ったら無言で読書タイムになるのが目に見えているので、こういう提案をしてもらえるのはありがたい。

自分で買った本を読み終われば、今度はお互いに買った物を交換して読む。

一人で楽しんでいた読書時間は、イルと出会った事でもっと楽しい時間になっていた。

最近色々あった事が吹き飛ばされたみたいに穏やかな気持ちになって、イルの腕に自分の腕を絡める。

優しい笑顔を向けられて、自分もそれに笑顔で返しながら歩を進めた。

「どこで食べようか？」

「そうだな……」

不意にイルの視線が近くの古書店へ向けられる。

そこから出てきた人物……大量の魔法の教本を抱えたヨウタさんが私達を見て硬直し、少しの間をおいてぎゅっと唇を引き結んだ。

沈黙が気まずい。

私達をじっと見つめた後、ヨウタさんが口を開く。

「ツキナさんの婚約者って団長の事だったんですね。まさかここまで知る機会とすれ違っていたとは思いませんでした」

じっと見つめてくる視線がどこかおかしい。

今までのようなつられてしまうほどの笑顔はそこにはなく、瞳の奥に不気味な雰囲気を感じ取って身震いがした。

例えば彼が私に抱いていたのが恋愛感情だったとしても、これはさすがにおかしい。イルの雰囲気が少しピリッとしたのがわかる。

「ヨウタさん？　あの」

「俺、俺、絶対に救世主になってみせます。今よりももっと勉強して、もっと魔法を覚えて力をつけて」

呼びかけた私の声を遮ってそう口にしたヨウタさんは、この間会った時とはまったく違う。言っている事は今までと変わらないのに、彼はさらに追い詰められている気がする。

「ヨウタさん？」

「どうかしたのか？」

おかしな雰囲気を感じ取ったのはイルも同じなのか、ヨウタさんにそう問いかける。

「みんな、町の人達もこの結界を張った救世主の方ばかり気にしてる。俺が、まだ弱いから」

「落ち着いてくれ、君はまだここに来たばかりだ。城の人間も君が努力している事をとても好意的に見ているし、君に魔法を教えている人達も覚えが早いと褒めていた。俺ももちろん君が弱いとは思っていない」

少し俯いていたヨウタさんは顔をあげてイルの方をまっすぐに見つめる。

「でも！　俺がどんなに強い魔法を覚えても、手合わせをすればあなたや副団長、他の団員の人達にも簡単に無効化されてしまう。それこそ俺が使っているものよりもずっと弱い魔法で」

「君が生きて来た世界は戦いとは無縁だったのだろう？　俺達は幼少期からずっと魔物との戦いに身を置いて来た。すぐに越されてしまってはそれこそ俺達の立場が無くなってしまう。ベオークとも良く話すが、君の成長はそういう意味では俺達にとって恐ろしいくらいだ」

穏やかにそう話すイルの苦笑を見て、少しだけヨウタさんの雰囲気が和らいだ。

イルも私も、彼が誰かを助けるために努力をしているのはわかっている。

「私、あなたの事本当に尊敬しています。自分が生きて来た世界じゃない場所で、そこに住む人たちのために必死に努力してるあなたの事を。あの日私の事を助けてくれた時も、魔物相手であなただって怖かっただろうに私の事を真っ先に心配してくれて。私は魔法は使えるけど、魔物とは戦えないです。殺気が飛んで来れば体は竦んで動けなくなるし、咄嗟に攻撃魔法を打つ事も出来ない。この国のために魔物討伐にまで参加してくれているあなたの事を、弱いだなんて思いません」

「それは、でも……」

少しだけいつもの雰囲気になったヨウタさんが、一度口を閉じてからまたまっすぐに私達の方を見る。

「でも、俺はもっと強くなります。魔法も戦いも覚えて、大魔法も習得して。俺はこの世界に来る時にどの救世主よりも大きな魔力を貰いました。今この世界中にいる救世主の誰よりも、この結界を張った救世主よりも強い力は持っているんです！　絶対に負けません！」

そう叫んですぐ、止める暇もなく踵を返して城の方へ走っていってしまった彼を見送る。

イルと顔を見合わせれば、少ししてから彼の顔が何か考え込むようなものに変わった。

ヨウタさんの様子はずいぶんとおかしくなっていたし、何かがあったのだろうか。

「……ツキナ、あの建物の陰に移動する。防音の魔法を頼んでも良いか？」

「え、うん。わかった」

移動した先で頼まれた通りに私と彼を囲むように防音の結界を張る。

胸元から騎士団で使っている通信機を取り出したイルがそれを起動させた。

通信相手は私も何度か会った事がある、騎士団の中でもかなり地位が高い人だ。

「俺だ、すまないがヨウタ殿の様子をしばらく見ていてくれ。彼に気づかれないように頼む。町の中で自分の魔力はどの救世主よりも高いと叫んでしまってな。ハガルの間者に聞かれていた場合、何らかの接触がある可能性がある。本人も何かに焦っている様だったから、様子を見て必要そうだったら声を掛けてやってくれ。おそらく俺やベオークが行けば逆効果だ。それと、彼の周辺に妙な魔法の痕跡がないかどうかも調べてほしい、内密にな。ああ、頼んだ」

数度やり取りをして、通信機を胸元にしまい込むイルを見つめる。

彼は話している間も口元を隠すように下を向いていて、何かを警戒しているようだった。

そもそも聞こえないようにしたとはいえ町中で、しかも私がいるところで重要な話をする時点でいつもとは違う。

「そんなに緊迫してるの？」

「いや、何かがある訳では無い。ただ向こうはこの国の数倍近い軍事力の持ち主だ。君の結界を壊す事は出来ないが、ヨウタ殿の言っていた事が本当でそれを利用されてしまえば何かしら起こる可能性がある。彼にもフォローを入れておきたいし、あの様子の変わり様は……何者かの干渉を受けている可能性もある。念には念を入れておきたいんだ」

「そう……」

「見張りはつけたし、元々警戒は強めて対策を取っている。今日はベオークが城にいるから何かあれば知らせてくるはずだ。俺が今行っては逆効果になりそうだし、ひとまず今日は予定通りに食事をして帰ろう」

「うん」

イルと二人で歩きだしながら空を見上げた。

私が張った結界は変わらず空の上にある。

努力して得たものでない事に罪悪感は覚えるが、貰わなければ良かったとは思わない。

この大魔法を貰っていなければ前の救世主騒動で町ごと滅んでいただろうし、私にとって一番大切で守りたいと思うのはイルだ。

救世主になったからといって私にすべて守れるなんて思わない、私は私の手の届く範囲の物を守れればそれでいい。

もう少し、ヨウタさんくらい若ければ無理をしたかもしれないが、今の私は自分の出来る事を過大評価したり思い切った行動を取ったりは出来ない。

だからこそ、彼のそういう部分を素直にすごいと思うのだが。

✦ ✢ ✦ ✦ ✦ ✢

オセル城の部屋、机の上にこれでもかと積まれた大量の魔法の教本。

その一冊を開きながら熱心に紙に色々と書き写している影が机のライトに照らされて、壁に映し出され揺れていた。

しばらくカリカリとペンの音がしていた部屋から一度音が消える。

静かな空間にポツリと声が落ちた。

「大魔法の古文書さえあれば……絶対に覚えてみせるのに」

負けたくない、と呟くような声の直後、静かな空間を裂くようにノックの音が響く。

「はい、どうぞ」

その声に応える様に静かに開く扉。

入って来た人間の口元が美しい笑みを浮かべた。

「救世主様、お願いがあるのです」

差し出された本の表紙を不思議そうに見た彼の口から、ヒュッと息を呑む音が響く。

表紙に視線が釘付けになった救世主の姿を見て、本の持ち主の笑みが更に深くなる。

「どうかこの大魔法で、世界をお救い下さい」

伸ばされた震える手の上に二冊の本を置いて、人影は笑う。

「あなた様の力が必要なのです。どの救世主様よりも、この国に結界を張った救世主様よりも強い力を持つ、あなた様の力が」

「俺、の……」

「どうか、どうか我が国を、この世界をお救い下さい。この世界の救世主として」

廊下から入って来た風で金色の髪が静かに揺れる。

「俺が、オセルの救世主に……」

ふふ、と人影が更に笑みを深める。

廊下にも窓の外にも二人以外の人間がいない空間で、大魔法の古文書は人知れず新たな救世主のもとへと渡った。

第八章　答え

あの日から数日経ち、ヨウタさんは今まで以上に勉強に打ち込むようになったらしい。

ただあの危うさのようなものはもう無く、やるべきことを見つけましたと嬉しそうに笑っているそうで、私はようやく安堵する事が出来た。

配達に行っていないせいで直接会えてはいないけれど、また団員達とじゃれ合っているところを見かけるようにはなったらしいし、もう心配はいらないのだろう。

最近ハガルの件で城の警戒が高まり、城への関係者以外の立ち入りが強く制限され、町の見回りも強化された。

私も城への出入りが出来なくなり、アイテムはイルが持って行ってくれる事もあれば、ベオークさんや騎士団の人達が取りに来てくれる事もある。

取りに来たついでにお店でご飯を食べていってくれるので最近逆に忙しくなったくらいだ。

アイテムを取りに来てもらっているのにお金を払うと言ってくれるので、元々安い金額をさらに下げて提供している。

無料にするのは断られてしまったので、苦肉の策だ。

今まで来た事のない人もいるので、彼らからも私の知らない仕事中のイルの話が聞けるのはすごく楽しい。

そんな事を帰宅したイルに話すと、苦虫を噛み潰したような顔になった。

「妙な事は聞いてないだろうな」

「私にとっては楽しい話しか聞いてないよ」

「逆に怖いのだが」

笑いながらそんな会話をしつつ、今日あった事等を聞く。

最近は緊迫した空気も少し落ち着いて来たのか、警戒態勢は取りつつも穏やかな空気だ。

「今日、ヨウタ殿に君はどうしているのか聞かれたよ。元気だとは言っておいたが」

「……そう」

彼が私を気にする理由は初めて助けた人間という事と姉の様に思っているという事、それ以外にもおそらく他の人間が結界を張った救世主を気にするのに対して私がその話題を一切出さない事もあるだろう。

聞かれてもすぐ話題を変えていたし、そういう面で彼にとって救いだったのかもしれない。

単純に自分が救世主だという事を知られたくなくて、ボロを出さないようにその話題を避けていただけなのだが。

「……ああ、そうだ。次の勤務予定が出たんだが、夜中からやる催しがあってな。その日は夜勤では無いから、一緒に行かないか？」

「夜中から？」

「正確には暗くなってからだが、夜中の方が人が少なくて静かなんだ。幻想的で美しい景色が見られるぞ」

「え、行きたい。どんな内容なの？」

「せっかくだから当日まで知らないまま楽しみにしていたらどうだ？　用意するのは花一輪だけだ。これは俺が買ってくるから」

「ええ……ああでもそれも楽しいかも。当日、楽しみにしてるね」

「ああ、夜中で寒いから防寒着の準備だけはしっかりしておいてくれ」

「夜の催しかあ、最後はめちゃくちゃになっちゃったけどオーロラ祭りも楽しかったな」

「また来年行こう。どうせなら君からの告白をもう一度言ってくれてもいいぞ。今度はしっかり心に刻み込むからな」

「イル、私の事、からかおうとしてるでしょう」

「この件に関してはいつでも本気だが」

そう言いながらもどこか意地悪そうに笑うイルにため息で返す。

あの時、騒動の渦中で私が告白したせいで私の言葉をしっかり聞けなかったイルは、時々こういう事を言ってくる。

あの勢いに任せた告白をやり直せるほど私の心は強くないので、本当に勘弁してほしい。

なんにせよ、どんな内容なのか楽しみではある。

花を使う夜の催し、まったく想像が出来ないがそれを考える時間すらも楽しめそうだ。


そうしてワクワクしている内にどんどん時間は過ぎ、イルと一緒に出掛ける日が訪れた。

色々と悩む事はあるけれど、今日は一度全部置いておいて楽しもうと決める。

帰宅したイルと夕飯を食べ、普段ならば並んで読書をしている時間に家を出る事になった。

玄関を出る前に雪除けのマントを羽織っていると、必要な物を持ってくると言って二階に行っていたイルが下りて来る。

「ツキナ、これを」

「綺麗……これが今日使うって言っていた花？」

「ああ」

イルが手渡してくれた花は透明なケースに入っており、茎も根も葉も無く、水面の上に浮いた蓮の花の部分だけを切り取ったような形だ。

ちょうど両手にすっぽりと収まるサイズの真っ白な花を見て、前の事を思い出して笑った。

「あの日もイルに花を貰ったよね」

「あの日？」

「私が救世主だっていう事があなたに知られた何日か後。起きたらイルがいたからびっくりしたなあ、てっきり次に会う時はお城からの使者としてだと思っていたから」

「ああ、あの時か」

苦笑いするイルに花束を貰ったのは、彼から告白された日だった。

あの時はもう結ばれる事は無いだろうと思っていたのに……。

あの日貰った花束は枯れない魔法をかけて今も私の自室に飾ってある。

貰った時の幸せな気持ちを思い出しながら手の中の花を見つめた。

「そろそろ行くか。明日は仕事も休みだから、ゆっくりと見てこよう」

「うん」

夜という事もありアトラではなく移動魔法で向かう事にして、媒介の石を握りしめる。

初めて行く場所だが地図で場所は教わったので問題はないだろう。

一瞬の浮遊感の後、肌寒さを堪えてあたりを見回せば、そこはとても幻想的な場所だった。

森の中をゆっくりと流れる大きな川は凍る事も無く、響くのは川の水音だけだ。

何よりも美しいのはその川を流れる色とりどりに輝くたくさんの花だった。

赤、青、緑、黄色、橙……それはまるで花の形のランプが流れているようにも見える。

ぼんやりと光の点滅を繰り返す花が、川の半分を覆い尽くす程大量に流れていく。

周囲に積もる雪がその花の光を反射して、まるで花畑の様に輝いていた。

「……すごい、綺麗」

「気に入ったか？」

思わず吐いた感嘆のため息が寒さで白く色づく。

優しく笑うイルの問いに肯定の言葉を返せば、そっと手を取られた。

「上流の方に行こう。俺達も花を流さなければ」

指を絡め合って握った手に引かれて、上流の方へと歩きだす。

手袋越しなのが少し残念だが、この寒さでは手袋なしでは歩けないので仕方がない。

周囲は真っ暗だが、道の部分は舗装されて雪も無く、川に流れ続ける花で照らされている。

明かりが無い事で余計に幻想的な光景が際立って、ついつい川の方を見てしまう。

「綺麗……この花ってイルがさっきくれた花だよね」

「オセルの国花なんだ。花に光を灯して川に流す事でこの国の平和を願う。今日と明日限定だが、この川周辺の土地に宿る魔力の影響で下流まで流れた花はいつの間にか上流に戻って循環する。毎年魔力の流れを観察して開催日が決まる事になるな」

「不思議な現象だね。じゃあこの花はオセルの人達の平和への願いの数って事なんだ」

「そうだな。魔力の流れがいつも通りに戻ると、花も周辺の魔力と同化するように消えてしまう。皆の願いを込めた魔力がこの地に宿る魔力に混ざる事になる」

見つめる先の川では循環しているという事もあるが、たくさんの花が流れている。

これが、この国の人達の思い。
空を見上げればきらめく星空に大魔法の結界が薄っすらと銀色に輝いている。
私のこの魔法も彼らの願いを少し叶えた事になるのだろうか。
イルと握り合う手に力を籠める。
強制的に連れてこられた世界を初めはあまり好きになれなかった。
この国のために何かしたいなんて欠片も思っていなかったのに。
イルとの出会いをきっかけに大切になったこの世界。
そこを守る手伝いが出来ている事を今は嬉しく思う。
出発が遅かったせいか、数人の人とすれ違った後はもう誰とも出会わなかった。
みんな夕方暗くなってすぐに来て、川下の出店などを楽しんで帰るのだろう。
来年イルの仕事が休みだったら、もう少し早い時間に来ても良いのかもしれない。
けれどこの幻想的な光景を彼と二人きりで楽しめるのでこれはこれで幸せだ。
「この辺りで良いだろう」
しばらく歩いた先には、花を川に流す為に設置されたらしい木製の足場があった。
やはりここにももう誰もいない。
イルが花を取り出したのを見て、私もケースから同じように花を取り出す。
「花を包むように魔力を込めるんだ」

イルが魔力を込めた花は、彼の手の中で薄い青色に光りだした。

同じ様に魔力で花を包んでみれば、私の持つ花は薄い紫色に輝きだす。

「この花って一人一人色は違うの？　それとも花によるのかな」

「個人個人で違うな。花は関係ないらしい。同じ人物が次の年に違う花を使っても同じ色になる。これがそれぞれの魔力の色だという学者もいるな」

「そうなんだ」

イルの花も私の花もどこか落ち着いた印象を受ける寒色系の色だ。

趣味だけでなく魔力の色も似ている事が少し嬉しい。

二人並んでそっと川の水に花を浮かべ、ゆっくりと流れに乗って離れていく花を見送る。

私たちの花は他の花々と合流し、先へ先へと流れていく。

この国の人々の、そしてイルと私の平和への願いを込めて。

……ああそうか、私ももうオセルの人間なんだ。

すとん、と心の中に入ってきたその考えが、じわじわと全身に広がっていくような感覚。

偶然連れて来られた国、強制的に生きていかなければいけない場所、そう思っていたのに。

ここが、オセルが私の国、私が生きていく場所だ。

きゅっと唇を噛みしめながら視界から青と紫の花が消えるまで見送る。

イルがそろそろ行くかと声を掛けて来るのに応えて、その場を離れることにした。

「この少し先に対岸へ渡れる橋が架かっている。そこを渡って下れば臨時で設置された休憩所があるから、そこへ行こう」

「休憩所？」

「川が見られるように屋根付きの椅子とテーブルが設置されているんだ。暖房機能のある結界も張ってある。規模の小さな結界だが、しばらく川を見る分には問題ない筈だ」

イルの案内に従って着いた先には、彼の話通りの物が川の方を向くように設置されていた。

三人ほどが座れるようなベンチとテーブルが等間隔に並んでいる。

人がいる場所もあったが、やはり時間が遅すぎたせいかまばらだ。

結界には軽い防音の機能もあるらしく、話している様子はあっても声は聞こえてこない。

その人達から離れた位置にある椅子を選んで屋根の下に入れば、暖かい空気が体を包んだ。

並んで腰掛けて、川を流れていく光の花々をじっと見つめる。

この花の数だけ、この国で生きる人達がいる。

救世主として大舞台に立つ事はどうしても出来ないけれど、それでもこの国のために何かしたいと思えるようにはなった。

「ねえイル」

「ん？」

静かな二人きりの空間で彼が私を見る。

「私、この世界に来て良かった」

「……そうか」

最初に選んだのがこの国で良かった、優しく笑うこの人を好きになって良かった。

「最初は、ただ平和に暮らしたいって思ってた。面倒事なんてごめんだって、知らない世界に連れて来られて、その国の人のために働くなんて嫌だ、って」

イルの肩に頭を寄り掛からせれば、そっと肩を抱かれた。

「なのにあなたと出会って、この国を、オセルを少しずつ好きになった。イルの事が大切になったから、イルが大切に思ってるオセルが大切になって。大魔法を使った事も後悔してない。それに……」

じっと私の目を見るイルの瞳を同じように見返す。

「騎士団の人達も、お城の人達も、町の人達も……今はもうイルが好きだからじゃなくて私自身が好きだから、大切に思ってる。だから最近魔法の勉強を本格的に始めた事も嫌だと思ったりしないし、みんなの助けになるんだったら面倒だなんて全然思わない」

前の世界では決して抱く事のなかったであろう想いを噛みしめる。

「救世主だって公表するのは怖い、それは変わらなくて、出来ればこのままただのツキナとしてオセルのために……私の生きる国のために出来る事を探してみたいの」

「……ああ、いくらでも協力しよう。俺達の生きる国のために」

「うん、ねえイル」

「ん？」

「好きだよ、この国の事も……あなたの事も、大好き」

「……俺もだ」

重なった唇が冷たくて、でも幸せで。

名残惜しさを感じながらも唇を離して、二人で微笑み合ってから視線を川へと戻す。

この国にはきっと、まだまだこんな幻想的な光景があるのだろう。

来年はまたオーロラが見られるだろうし、この川の光景も毎年見る事が出来る。

他にこういう催しがあればイルが教えてくれるだろうし、帰ったら調べてみても良い。

ぽつりぽつりとイルとの会話を楽しみながら、しばらくの間ゆっくりと二人で過ごした。

夜中になってから帰宅した次の日の朝、休みとはいえイルと朝食を取るのは変わらない。

昨日夜更かしした事もあり少し眠いが、朝食も終わり少し穏やかな時間が訪れる。

「イル、コーヒー入ったよ」

「ああ、ありがとう。今日は天気も良いし、少しその辺りを歩いて来るか」

「そうだね、もう少ししたら騎士団の人がアイテムを取りに来るから、渡したら行こうか」

国の広報に目を通すイルがコーヒーを飲みながら提案してきて、それに肯定の言葉を返す。

彼が休みの時は、天気が良ければだが森林浴を兼ねて森の中を二人で歩く事がある。

家周辺とはいえお手軽なデートのようで、のんびり過ごせる事もありお気に入りの時間だ。

準備を済ませていつでも出られるようにしていると、来客を告げる音楽が鳴り響く。

ドアを開ければ、金色の髪の毛に太陽の光を反射させながらベオークさんが立っていた。

「ようツキナちゃん、休みの日に悪いな。アイテムの受け取りに来たぜ」

「こちらこそ、いつもすみません。前みたいに私が持っていければいいんですけど」

「もう少ししたら落ち着くだろうし、そうすれば配達も可能になるさ。それにこのアイテムにはかなり助けられているからな。毒を無効にする新しいアクセサリーも大評判だし、取りに来るのが手間だとは思わないさ。お、イル。おはようさん」

「おはよう。今日はお前だったか」

「今日は数が少ないから俺一人だ。どこか出掛けるのか？」

「家の周りを軽く散歩して来るだけだ」

「そりゃそうか、二人とも基本的に休みは読書で引きこもってるもんな。恋人が出来ればイルも出掛ける様になるかと思ったが、似たもの夫婦とはよく言ったもんだぜ」

「あはは……」

どこか呆れたような表情で笑うベオークさんに苦笑いで返す。

イルと出掛けるのも楽しいが、休みの日は隣り合って読書している事の方が圧倒的に多い。

恋人が出来たとしても、相手と生活習慣が似ていると日々の暮らしは変わらないようだ。

アイテムを持ち帰るベオークさんを散歩がてら見送る事にして、イルと共に家を出る。

彼を送った後は馬で帰る事にして、アトラもつれてゆっくりと歩を進めていく。

一頭ずつ自分の馬を引いて歩くベオークさんとイルの会話は、長年の付き合いだけあって気心知れており、聞いているだけでも楽しい。

冗談を言ったイルを軽く小突くベオークさん。

イルがふざける相手というのは少ないし、その中でもやはり彼は別格だ。

私は元の世界でも長年の付き合いと呼べるような友人はいなかったし、この世界に来てからは女友達すらいない。

元の世界ではたまに遊ぶ程度の同僚達との付き合いで十分だと思っていた。

この世界では引きこもっているからという事もあるが、やはりこの年齢になると新しい友人という存在は作りにくく感じる。

だからこそこの二人の関係は見ていて楽しく、そして少し羨ましくもあった。

羨ましいとは思いつつも、積極的に友人を作ろうという気力はあまり湧いてこないのだが。

ああでも、ブランさんとはこのまま仲良くなりたいと思っている。

行商が終われば他国に帰ってしまう人だけれど、オセルには定期的に訪問していると言っていたし……あれ、そういえば最近ブランさんが店へ来ていない。

最後に会ったのはいつだっただろう？

確か外国にきな臭い国があるから気を付けろ、って言ってくれた時だった気がする。

……そんな事を考えていた時だった。

ちょうど森の切れ目に差し掛かり空が見えたと同時に、足元に大量の影が映る。

続いて頭上から響いて来る打撃音に三人揃って空を見上げた。

空には私が張った大魔法の結界がうっすらと銀色に輝いている。

その結界の向こうに無数の黒い点が見えて、目を凝らしてじっと見つめた。

三秒ほど見つめてその正体に気が付いた瞬間、イルに手を引っ張られて彼の体にぶつかる様に引き寄せられる。

イルもベオークさんも腰の剣に手をかけ、空を睨みつけるように見上げていた。

「ま、もの？」

「冗談だろ、魔物の襲撃にしたって数が多すぎる」

思わず呟いた声に冷や汗を流すベオークさんの声が重なる。

上空には翼を持つ魔物が空を覆いつくす様に出現し、結界に向かって攻撃を仕掛けていた。

町の方から微かに悲鳴が聞こえるがこれは驚きからだろう、結界は壊れていない。

「城へ行こう、大魔法の結界があるとはいえ万が一という事もある。城の方が情報が入る筈だ」

「町の人間も避難させないと……」

意見を交わし合う二人の声を聞きながらも上空から目が離せない。

少し前に城で私を襲ってきた魔物以上に大きく、そして群を成す魔物達。

それがこちらへ敵意を持って攻撃してきているという現実に震えが走る。

私の体に回ったイルの腕に力が籠り、彼の前に座る形でアトラの上に引き上げられた。

「急ごう。ツキナ、あまり気を遣ってやれなくてすまないが、しっかり掴まっていてくれ」

「う、うん」

いつも乗せてくれる時とは違い、ガタガタと揺れる馬上は掴まっているだけで精一杯だ。

やはり普段はイルもアトラも相当気を遣ってくれているのだろう。

魔物の攻撃はまだ結界に阻まれている。

今ほど大魔法を貰っておいて良かったと思った事はない。

しばらくイルにしがみついていると、まだ森から抜けてすらいないというのに二頭の馬が足を止めた。

顔を上げると驚いたように前を見つめるイル。

彼の視線をたどると、少し前の道にヨウタさんが立っていた。

私たち三人の視線を受けて、一度目を伏せた彼が顔をあげる。

その表情は真剣そのものだ。

「この魔物の大群は、俺が片付けます。新しく覚えた攻撃の大魔法で」

「……え？」

驚いたのは私だけでなく、イルもベオークさんも同じだった。

彼の目は真剣ながら自信に溢れており、嘘を言っているようには見えない。

「この国に大魔法の古文書は無かったはずだが」

「俺が前に助けた事のある女性の家に代々伝わっていたそうです。彼女は俺にこれを使って世界を救って欲しいと言いました。貰ってからずっと読み込んで、昨日完成させたんです」

彼は二冊の本を大切そうに抱えている。

こちらに見える方の本は確かに大魔法の古文書のようだ……なら、もう一冊は？

「もう一冊は？」

「大魔法の攻撃力を上げ、あの結界を壊さずにすり抜けさせる補助魔法の教本です」

同じく疑問に思ったらしいベオークさんの問いにそう答えたヨウタさんの視線が、私の方へと向けられる。

「ツキナさん、怖がらなくても大丈夫です。今度こそ、城の時みたいな中途半端じゃなくて、ちゃんとあなたを、世界を救ってみせます！」

そう言った彼の手が頭上に上がり、強大な魔力が彼の手のひらに集まり出す。

私の時とは比較にならない程の大きな力で風が巻き起こり、髪がバサバサと視界にかかる。

途切れた視界の向こうで、ヨウタさんの体から救世主の刻印が浮かび上がったのが見えた。

あれ、と頭の中のどこか冷静な部分が違和感を訴えてくる。

違和感は警報へと変わり、自分でもわからないくらいの焦燥感が沸き上がった。

彼の刻印は途切れ、浮かび上がる魔法陣の色は何かが混ざるように所々まがまがしい。

駄目だ、と本能のようなものが訴えかけてくる。

違う、駄目だ、この魔法は違う！

頭の中に以前神様と交わした会話が思い浮かぶ。

『ちょっと聞きたいんだけど、救世主同士で魔法の争いになった場合ってどっちが勝つの？』

『どっち、とは？』

『救世主の魔力はこの世界で最大の部類なんでしょう。同じくらいの魔力の持ち主が、例えばその彼女が攻撃の大魔法を撃って来たとして。私が結界の大魔法で防ごうとしたらどっちが勝つ？』

『様々な要因が絡むから一概には言えんが、基本的に魔法の効果が同時に消えることになると思うぞ。攻撃魔法も効力を失い、結界も消える事になる』

前の救世主が問題を起こしそうだと伝えに来た神様との会話。

今回は結界を壊そうとしているわけではない、けれど……すり抜ける？　本当に？

だって普通に考えれば、攻撃魔法が結界魔法に当たる事に変わりはない。

頭の奥がガンガンする……結界が壊れる！

結界の大魔法を使った本人だからだろうか、そう確信したと同時に叫んでいた。

「駄目！　それは違う、やめて！」

叫んだと同時に彼の手から放たれた魔法が空の結界に衝突し、凄まじい轟音と爆風と共に銀色の魔法陣にヒビが入り出した。

ピシピシと音を立てながらヒビは一気に広がり、数秒もしない内にパリン、と軽い音を立てて空を覆っていた結界は跡形もなく、嘘のように消滅してしまう。

キラキラと輝く結界を構成していた銀色の光が雪の様に降り注ぎ、それだけが結界があったという事実を示していた。

「あ、あ……嘘」

呟いた声は空中に浮かぶ大量の魔物の吼える声に掻き消される。

空を見つめたままのヨウタさんが膝をついたのが視界の隅に映った。

魔物の数は一匹たりとも減っていない、さっきまで攻撃から国を守っていた結界も無い。

町の方から聞こえる悲鳴が大きくなり、魔物が降下してくるのが見えた。

「な、んで、なんで……お、れが、俺がやります！」

呆然としたのも一瞬で、慌てた様子でそう言ってもう一度力を込めるヨウタさんだが、魔力はわずかにしか集まらない。

当然だ、いくら救世主とは言え大魔法は一発放てば魔力はほとんど空になってしまう。

私が以前使った時も、数日間は一日の大半を魔力の回復のための睡眠に充てていたくらいだ。

ヨウタさんの表情が絶望的なものへ変わる。

本来なら彼の言葉通り、結界をすり抜けた魔法が魔物を一掃しているはずだったのだろう。

けれど現実は真逆……彼の解釈が間違っていたのか、それとも誰かに騙されたのか。

魔物はまるで怯える人々の様子を楽しんでいるかのように、ゆっくりと降りてきている。

その中の数匹が口を開け、まがまがしく光る赤い球を発射したのが見えたと同時に、イルとベオークさんの手からも魔法が放たれていた。

空中で魔法がぶつかり合い、轟音が鳴り響く。

町の方からもいくつか魔法が放たれており、今のところ破壊された様子はない。

この時間は見回りの時間でもあるし、おそらく町にも騎士団の人達が居たのだろう。

だが状況は何一つ変わっていない。

私を支えるために腰に回っているイルの手に力がこもったところで、ようやく私の頭はこの状況を打破するための手段を模索しだした。

真剣な顔で上空を睨み付けるイルの顔を見上げ、次に浮かぶのは騎士団の人達の顔。

アイテムを受け取ってくれる団員は、今度一部隊を任される事になったのだと笑っていた。

前線を退いたという年配の団員は孫が生まれるのだと顔をほころばせていたっけ。

アンスルさんに新しいメニューの味見もしてもらっていないし、最近店に来ていないとはいえブランさんは町で行商の仕事をしているはずだ。

そして次に浮かんだのは昨日見たばかりの輝く花々が流れる川。

この国の人達の、平和への願いの象徴。

ぎゅっとイルの服を握りしめる。

彼の視線がこちらを向いたので、こわばる口を無理矢理動かして笑った。

「ごめん、庇ってくれてたのに。多分気絶しちゃうから、言い訳お願いしてもいい？」

私の言葉にハッとしたイルが、一瞬の間の後に申し訳なさそうに顔を歪ませ頷く。

町まで遠い森の中とはいえ、あの時とは違いここにはベオークさんもヨウタさんもいる。

以前私が大魔法を使った時はイルしかいなかったし、その彼が黙っていてくれるから私の正体は知られていなかった。

今回はさすがに隠し通せないだろうが、ここで躊躇していれば救世主の事が知られるという以前に私達の命すら危うい。

今この状況を解決できる手段を持っているのは私しかいない。

今何もしなければ、あの魔物達はこの国を襲うだろう。

そうすれば、退治に駆り出されるのは騎士団の人達だ。

イルが以前大ケガをしてしばらくお店に来なかった時の感覚を思い出す。

あんな魔物の大群と戦えば、今度こそきっと無事ではすまないだろう。

知らない人達のために動けなくても、イルのためなら……私の住む国の人達のためなら。

上空へ向けて右腕を上げ、魔力を集める。

私の刻印はそのまま頭上へと浮かび上がって大きく展開し、淡く光り輝いた。

左手はイルの服を握ったまま、腰に回された彼の腕にさらに力がこもる。

見上げた先のイルの顔が優しく微笑む……大丈夫、初めて大魔法を使った日と同じだ。

あの日と同じ様にイルに守られているから、私は恐怖で固まる事もなく落ち着いて魔法が使える。

ベオークさんとヨウタさんの視線を感じながら、頭の上に現れた救世主の刻印を見つめた。

光を帯びた自分の髪が空中でフワフワと広がる。

そのまま軽く手を振って、魔力を空に向けて解き放った。

一気に広がっていく銀色の魔法陣と結界、これを見るのは二回目だが、以前よりもずっと籠る魔力の量が多い事はわかる。

それは私が最初に大魔法を使った時からも続けてきた、努力の証だ。

新たに覚え、そして使い続けた様々な魔法、難しいと言われる新しい魔法を作製するための基礎の勉強。

オセルに来て何となく過ごして来た日々、そしてオセルのために何かしたいと明確な意志を持って過ごして来た日々。

様々な人から影響を受けて、背中を押してもらって得た、オセルの人間として生きる私の力だ。

展開された結界に阻まれた魔物が上空へはじき返され、その動きを止める。

侵入してきていた魔物達は城や町の方から放たれた魔法が当たり、逆に逃げまどっていた。

私たちの頭上にいた魔物もイルとベオークさんの魔法であっという間に倒されていく。

これでもう大丈夫なはずだ。

後は……呆然とした表情のままこちらを見つめているヨウタさんの方へ視線を向ける。

辺りを警戒しながらも、ベオークさんとイルの視線もこちらを向いた。

「ヨウタさん、あなたと初めて会った時、私が家名を名乗らなかった事を覚えていますか？

あの時は苗字を聞かれなくてホッとしました」

「……え？」

「水森月奈です。ヨウタさん、あなたと同じ世界、おそらく同じ国から救世主としてこの国に飛ばされました。以前この国に結界を張ったのも私です」

「その苗字の感じは……本当に？　でもっ」

「……私はこの世界に連れてこられる時、神様に絶対に嫌だと拒否をしました。今まで三十年以上生きて来た世界を強制的に取り上げられて、その上、見ず知らずの人達のために命をかけ

て戦うなんてごめんだって」

ベオークさんがそりゃそうだよな、と呟いてくれた事に少し安堵する。

「それでもこの世界に来る事が強制だと知った私は、この世界で生きる術を貰いました。住居や生活の保障、言語の理解なんかですね。神様から救世主の役割って聞きました？」

「世界を、救う事って」

「神様曰くですけど、救世主はこの世界に存在するだけで周辺の環境を整えたり世界のバランスを保ったりするらしいです。だから私は貰った家を自分の夢だったお店にして引きこもりました。救世主として戦いに赴くなんて私には出来ないし、知らない人達のために痛い思いをして戦うなんて絶対に嫌でした。だからこそ私は、そうやってこの世界の人達のために戦えるあなたをすごいと思う。私には、絶対に出来ないから」

そこまで言って頭上のイルの顔を見る。

真剣な視線と目が合って笑った。

「イルと出会ったから、この人を好きになったから、この国の事が好きになりました。ここが、オセルが私の生きる国、でもやっぱりこの世界の人に救世主として祭り上げられるのも、何かあった時に戦ってほしいって期待されるのも嫌なんです。だって、言い訳とかそういうものでなくて、私には本当に無理な事だとわかっているから。でも救世主として大々的に行動は出来ないけれど、私にも出来る事はある。結界玉だったり、回復薬だったり」

そこまで言ってヨウタさんの顔をじっと見つめる。

「私、今はオセルが好きです。この世界じゃなくて、この国を守りたい。だから自分が出来る事は協力しようって思っています。ヨウタさんは？」

「……俺？」

「私達、最初から少しすれ違っていたんですね。私はこの〝国〟の人たちの助けになりたい、ヨウタさんはこの〝世界〟の救世主になりたい。単位、違ったんですね。今気づきました……世界を守りたいって、そう言って努力できるのってすごいと思います。でも、世界中を守るって救世主の大魔法があったって難しいと思うんです。敵対している国もありますし、その国を守るという事は別の国が滅ぶという事ですから」

「それ、は……」

「だから私はこの国に肩入れします。私は自分が大切だと思える人と、自分自身を守れればそれで良いと思っているので。胸が痛まないわけじゃないです。それでも自分が出来る事に優先順位はあって。それを越えてしまえば一番大切なものを失ってしまうかもしれませんから。焦って全部掴もうとしたって絶対に取りこぼしは出てしまう。ヨウタさんは何が大切ですか？」

「俺が、大切だと思うもの？」

「誰かを助けて笑顔が貰えるのが嬉しいって言っていたでしょう。私はイルが笑ってくれると嬉しいです。今はそれにベオークさんとか騎士団の人達が加わりますね」

そこまで言ったところで視界がぐにゃりと歪む。

今度は何日眠りを繰り返す事になるのだろう。

「ヨウタさんがオセルを守る事に協力してくれるのは嬉しいです。オセルの人達はみんな、あなたの事が好きだから。世界を救うという大きな目標の前に、まずはこの国の人達を助けるっていう目標じゃだめですか？　オセルの人たちの笑顔じゃ、足りないですか？」

「あ……」

「ごめんなさい、きっと私の張った大魔法の結界もあなたを苦しめてるんでしょう？　でも、この大魔法、私は努力して得た訳じゃないんです。戦いのない世界から来た自分の身を守るために、ここに移動した時に神様に貰いました。願い事が一つじゃないって気が付きました？　あの神様、世界を移動する時の願い事に数の制限設けて無いんですよ？」

「え、ええっ？」

本格的にぼやけ始めた視界の中で、私の顔を見つめるイルの顔を見つめ返す。

「イル、ごめ……」

「大丈夫だ、ゆっくり休むと良い。町の魔物達ももう大丈夫なはずだ」

「黙っていてくれた事、罪に、なったり……」

「大丈夫だ、俺が黙っていたのは俺の意志、だったら俺もちゃんと動くさ。結界をありがとう、おやすみ」

「うん、ごめんね」

魔力が足りない感覚を久しぶりに味わいながら、イルの胸に凭れかかるように目を閉じる。

魔力回復のためにひたすら眠る事しか出来ない数日間がまたやってくるのだろう。

意識が途切れる、この眠気、まったく抗えないのが本当にきつい。


ふと意識が覚醒し、薄く目を開ける。

どうやら椅子に座りテーブルに突っ伏している体勢のようだ。

イルならベッドに寝かせてくれると思うのだが……不思議に思いながらゆっくりと目を開けると、そこは見慣れた店でも部屋でもなく、イングリッシュガーデンのような場所だった。

薔薇の垣根に囲まれた白いテーブルのセット、頭上は白い東屋のような建物になっていて、垣根と同じ様に薔薇が絡みついている。

私は二脚あるイスの一つに腰掛けて眠っていたらしい。

周囲は昼間の様に明るいのに太陽どころか空すら無く、垣根の向こう側や上空に当たる部分には何もない黒い空間が広がっていた。

その雰囲気は初めてこの世界に飛ばされた時に神様と会話した場所とどこか似ている。

色とりどりの薔薇が咲き誇る周囲を、混乱する頭のまま見回した。

「ああ、起きたか」

声のした方を見れば、いつもの笑みを浮かべた神様がテーブルの向かい側に座っていた。

いつの間に、と優雅に紅茶に口をつけている神様を呆然と見つめる。

何故だろう、周囲の光景にすごく似合っているところがとても腹立たしい。

「ここならば魔力消耗のだるさも無いだろう。君も一杯どうだ？」

いつの間にか私の目の前にあったカップからは、紅茶の香りが漂ってくる。

すごく良い香りだ。

「……どうせならイルと飲みたかった」

「君もなかなか言うな」

普通に飲むのは何だか悔しかったので、一言添えてから口をつける。

それでも温かい温度と優しい味を感じて、ホッと息を吐いた。

「いやあ、君の所でコーヒーをご馳走になってから私も色々と飲んでいるのだが、人間の飲み物もなかなか美味いな。ハマってしまったよ」

そう言ってもう一度カップに口をつけた神様が意地の悪い笑みを浮かべる。

「それにしても、今あの世界にいる救世主の中で唯一大魔法を、それも二回も使ったのが一番救世主だという事を拒否している君だとはな」

「好きで使っているわけじゃないんだけど」

「だろうな、だが助かった」

「その大魔法もヨウタさんの魔法であっという間に壊されちゃったし」

「それは仕方あるまい、君の張っていた大魔法の結界はすでに残りカスの様な物だったし、特に魔力を補充していたりもしていないんだろう？」

「……え？」

思ってもみなかった言葉に紅茶から顔を上げて神様の顔を見つめる。

私の表情が予想外だったのは神様も一緒だったようで、同じ様に驚いた表情が返ってきた。

「なんだ、気が付いていなかったのか？　君が張りなおす前の結界は以前の救世主の暴走を止めた名残だ。救世主としての彼女の魔力は最低ランクの物だったが、それでも救世主である事に変わりはない。強大な魔力をぶつけられた後の結界はあの世界の魔物程度ならば抑えられても、同じ救世主で最高ランクの魔力を持つ彼の魔法が当たれば無くなって当然だろう」

「ちょっと待って、大魔法の結界って魔力の補充がいるの？」

「無ければ無いで問題無いぞ。補充すればその分強固になって長持ちするというだけだし、あの世界の教本にも魔力補充については書かれていない。まあ、今回張った結界はまっさらな新品の様な物だ。以前の結界よりも強い。それに……」

「それに？」

不自然な所で言葉を切った神様に続きを促すと、少し悩んでから続きを話し出す。

「私はヨウタの願いを受けて、彼の魔力をどの救世主よりも高くした。だが、それはあくまで基礎部分の魔力だ。これから彼が魔法を覚え使い込んでいけばどの救世主よりも強くなるだろうが、今、結界魔法に関してだけで言えば君の方が上だ。魔力の込め方やコントロール力に差があるからな。君は自分のすべての魔力を大魔法へと還元できるが、彼はまだそこまでコントロール出来ていない。おまけに君は魔法の基礎構築、つまりあの世界の根底にある部分を学び始めた事で更に魔法にかかるコストを抑える事が出来るようになっている。今回張った結界は、たとえヨウタが大魔法を当てたとしても破れないだろう。以前いた救世主ならばもっと無理だろうな。まあ君の攻撃魔法は、うん、あれだ。あの世界の子どもの方が強いな」

「……色々な意味で反応に困るんだけど」

「君には最初に私が大魔法を与えただろう。それに合わせて魔力も多少上がったが、君はさらにあの世界でハイレベルともいえる魔法を使いこなし続けた。そしてそれを仕事として毎日のように使い続けている事で魔力はどんどん上がっていく。君の世界の言葉で説明するならば百の経験値でレベルが一上がるとする。低級魔法を使う事で経験値が一入る所を、君は最初から上級魔法を使う事で百の経験値を得ているという事だ」

「レベルアップが速い、と」

「そういう事だ。君の結界や回復魔法はあの世界の救世主の中でトップクラスになっている」

目立ちたくない私としては喜んで良いのか悩む所だ。

ああ、でももう救世主という事は知られているのか。

それを思い出して表情を暗くした私を見て、神様があぁ、と声を上げる。

「今回君を呼んだのは礼をしようと思ったからだ」

「……礼？」

「前回と今回、救世主の事で君には助けられたからな。少しだけ私の加護をやろう。君が救世主だという事に気付かれても、君が危惧している事が起こりにくくなるような軽いものだが」

「救世主だっていう事が大々的に知れ渡らないって事？」

「そうなりにくいという意味だ。大魔法を使う所を見られる、刻印を見られる、自分から、もしくは君の正体を知っている人間が言う、これ以外の方法では救世主だと気づかれない様にしてやろう。もっとも、あの国の王ならばたとえ知られたとしても心配はいらないと思うが」

「え？」

疑問の声を返した所で、目の前にノイズが走る。

神様が限界か、と呟いた。

「そろそろ起きる時間だぞ。私はたまにあの世界の救世主達の所へ行くようにしているから、またそのうち君の様子も見に行くと思う。ヨウタに関しては今回は様々な事を考慮して回収はしない。要警戒といった所だな」

またな、といった神様に返事をする暇もなくノイズが大きくなる。

次に目を開けた時に視界に入ったのは、心配そうなイルの顔だった。

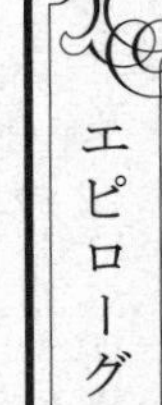

エピローグ

数日経ち、ようやく通常通り動けるようになった私は店を再開する事が出来た。

イルも事後処理で忙しく私につきっきりにはなれないと申し訳なさそうだったが、子どもでもあるまいし仕事を休んでほしいなんて言う気にもならない。

そもそも体調不良でもなく、寝ていればいいだけだ。

二人で過ごす事は出来なかったが、あの後何が起こったのかは説明してもらえた。

私が気絶した後、ヨウタさんも魔力不足で気絶。

彼はベオークさんが城まで運んで、イルは私を店へ運んでから城へ行き、国に入ってしまった魔物の調査と討伐、各方面への指示を行ったそうだ。

私よりもよほどイルの方が大変だっただろう。

ヨウタさんは私よりも数日早く活動出来るようになり、目が覚めた際に自分が起こした事に関して説明と謝罪をし、町の被害状況の把握や修理の手伝い、魔物がいないかどうかの調査やその討伐にも参加して動き回った後、どんな罰も受けます、と言ったらしい。

けれど国としては救世主、しかも攻撃系の大魔法を覚えた彼を手放すわけにもいかず。

何よりも彼が日々小さな事とはいえたくさんの人達を助けており、人望もある事からこの国と長く同盟を結んでいる結束の強い国へ勉強に行く、という事になったらしい。

彼が敵国の間者に騙(だま)されていた事も大きいだろう。

ヨウタさんの部屋には感情の爆発(ばくはつ)を促すような魔法が巧妙(こうみょう)に隠(かく)された状態で掛(か)かっており、そのせいで不安定だったヨウタさんの感情が暴走して、様子がおかしくなっていたらしい。

彼が救世主としての在り方を見失いかけたところを利用されてしまった形だ。

救世主としてのやる気もあるので、今彼に必要なのは世界を見る事だという判断、そして本人もそれを強く希望した事から留学、という形になったらしい。

同盟国とはいえ救世主を気軽に他国へ行かせていいのだろうかとも思ったのだが、その国にはティーツさんの実家があるのだそうだ。

私がヨウタさんと会う時にいるのは魔法の事が中心という事もあり大体アンスルさんだったのだが、ヨウタさんの武術の指導はティーツさんが受け持っていた。

イルが様子見をお願いしていた辺りでも個人的にヨウタさんを気にかけていたらしく、今回の事を受けてヨウタさんはティーツさんの息子(むすこ)さんの養子になる事になったそうだ。

ティーツさんは相当な大家族で、皆(みな)ヨウタさんを歓迎(かんげい)しているとのこと。

救世主が所属国の要人の養子になる事は珍(めずら)しい事では無いらしく、今までもいくつか前例があるので手続きはスムーズに進んでいるらしい。

これからしばらく、ヨウタさんは同盟国にあるティーツさんの実家に住む事になる。

元の世界では末っ子だったヨウタさんはいきなり出来たたくさんの弟妹達とも対面し、その勢いに押されながらも初めて出来た年下の家族達に顔をほころばせていたのだとか。

……大魔法の古文書と共に渡されたという魔法の教本は、魔法の方向を他者がコントロール出来るというものだった。

どうやら初めから私の張った結界を壊すのが目的だったようだ。

ヨウタさんに古文書を渡したのは、金色の髪に褐色肌の美しい女性だったらしく、ハガルが関わっているというのがお城の人たちの共通の見解らしい。

だが魔法で容姿を変える事が出来るこの世界ではそれはあまり証拠にならず、他に決定的な証拠もなく調査は今も続行中だそうで、その調査もあってイルの忙しさは増していた。

ヨウタさんは留学準備で忙しいのに加えて監視付きなので、しばらく会う事は無いだろう。

あの騒動以来彼には会っていないが、イルが手紙を預かって来てくれた。

『申し訳ありませんでした。俺も色々と考えてみます。俺は人を助けたいと思っていたのに、いつの間にか救世主になる事自体が目標になっていました。一度自分を見つめなおしてみるつもりです。今回の襲撃で町に被害が少なかったのはツキナさんが騎士団に納めていた結界玉や回復薬が大量にあった事が大きいと聞きました。結界の事もあるし、俺よりもツキナさんの方がよほど救世主として働いています。だから今度は俺も独りよがりではなく、本当にこの世界のために出来る事を探したい。とんでもない事をしでかした俺にもう一度チャンスを与えてくれたオセルの人達のためにも。だからこの世界を自分の目で見てきます。俺が守るべきものは何なのかを探しに。ただ今はツキナさんが言ってくれた通り、まずはこの国の人の、身近な友人達や、新しく出来たこの世界の俺の家族達の笑顔を守るために働きたいと思います。色々とありがとうございました』

そんな風に考える事が出来るというだけでも、私より彼の方がよほど救世主に向いている。

そしてその私はといえば……いつも通りに過ごしていた。

ベオークさんもヨウタさんも私の事を誰にも話さなかったからだ。

私が救世主だという事は今も知れ渡ってはいない。

ベオークさん達が優しいのか、それとも神様の加護が効いているのか。
町ではまた結界を張った救世主の事が話題になっているらしいが、壊れた結界がすぐに張りなおされた事で救世主はやはりオセルを守ってくれているのだと、良い感情で取られている。

今回も無事に三回の願い事を消費せずに解決出来た事に静かに安堵した。

そして少しだけ落ち着いてきた今日、イルが出掛けている時にベオークさんが来店した。

少しむすっとした顔でカウンター席に腰掛けた彼が口を開く。

「まったく、こんな身近に救世主がいるとは思わなかったぜ」

「……申し訳ないです」

「イルもなあ、前ならたとえ恋人であったとしても国のために話しそうなもんだったが、恋は人を変えるとはよく言ったもんだぜ。ただ悪いなツキナちゃん。俺は今回こそ黙ってはいるが、今度国に何かあってどうしようもなくなった時は王に話させてもらうぜ」

「それは仕方ないです。むしろ今回知られてもしかたないと思っていましたから」

「俺だってせっかく出来たイルの恋人が絶対に秘密にしたい事を話したくはないさ。ツキナちゃんが色々な事でオセルの防衛に協力してくれてる事も知ってるしな。なるべく話さないようにはする。だから何かあった時はどうしようもなくなる前に力を貸してくれ。俺が王に報告しなくていいように」

「はい、それはもちろんです。ありがとうございます！」

「ただな、たとえ俺が王に報告したとしても、あの方は君を強制的に戦地に送ったりはしない。そもそも俺達だってわかってる。今まで戦いを知らなかった大人が力を与えられたからって戦えるはずもない。敵との間合いの取り方、向かって行く度胸や怪我を恐れない精神、そんなのは幼い頃から戦っている事で身に付くもんだ。ヨウタ殿が戦えたのは敵と戦った事はなくとも試合という形で武器を握った経験があるからだろう。君は大魔法は使える、けれど戦えはしない。言い方は悪いが君を戦地に送るよりも、俺達騎士団が行った方がよほど役に立つ」

「……でしょうね」

「まあそういう訳で俺は今回は王に報告はしない。ただ、幼馴染みである俺にまで黙ってたイルにちょっとした復讐はさせてもらう」

真剣な表情を一転させてにやりと笑ったベオークさんが、本当に楽しそうに口を開いた。

「ヨウタ殿が留学する事は聞いたんだろ？　イルから手紙は受け取ったか？」

「え、はい。自分も色々考えてみる、っていうのですよね」

「ヨウタ殿がイルに手紙を渡した時にな、イルに言っていた事があるんだ。ツキナちゃんに伝えるかどうかは任せる、って言ってたが、その様子だとやっぱり言ってなかったか……ヨウタ殿は本気で君の事を想っていたらしいぜ」

「そう、ですか」

「ずいぶん落ち着いてるな、君は気付いていたのか。まあその方が伝えやすいな」

店内にベオークさん以外の人はいないのだが、それでも内緒話をするように声を落とした彼がいたずらっ子の笑顔のまま続ける。

「『ツキナさんが俺に何が大切なのか聞いた時、俺の頭に浮かんだのは彼女の笑顔でした。自分では全然気が付きませんでしたけど、俺にとっては、きっとツキナさんが初恋だったんでしょう。姉のようだと思っていたのはもちろん本心です。それがいつの間にか恋心に変わっていた事に、俺自身もまったく気が付いていなかっただけで。あそこまであなたの事を思っている彼女ですから、俺の失恋は確定です。初恋は叶わないって本当ですね。それでも、いつか恋人でなくても彼女に笑顔を向けてもらえるように、彼女に俺のしでかした事を尻拭いしてもらうような情けない事にならないように、しっかりと勉強してきます。今はただ、団長に負けないように努力してくるつもりです。団長も俺にとっては憧れの人ですので、あなたの強さを目標に、そしていつかあなたを越せるように』だとさ」

「……彼が私を好きだと思ったのは、私が救世主の話題を避けていたせいもあると思うんですけどね。私が救世主だと知って騙されたと怒るならともかく、人が好いというか」

「で、告白されたら応えるのか？　この世界は一夫多妻も一妻多夫もどちらも問題ないぜ？」

「断りますよ、イル以外の人に興味が無いですし。恋をする事すら面倒だと、そんな暇があったら一冊でも多く本が読みたいと、そう思っていた私が好きだと思うのは後にも先にもイルだけです。ヨウタさんもまだまだ若いし、この先に新しい出会いがあるでしょう。そもそも彼は私と同じ国出身で、一夫一妻が当たり前の場所から来ているんですから、一夫多妻も一妻多夫も受け入れにくいんですよ」

「なんだ、イルが秘密にしていた事を暴露して復讐してやろうと思ってたのに、のろけを聞かされちまったな」

「あはは」

「ちなみにイルの返事だが『それならば俺はヨウタ殿にとっての目標であり続けよう。そしてなにがあっても誰が相手でも、彼女を渡すつもりはない。ツキナも俺以外を想う事は無いし、俺もツキナ以外はいらない』だとさ。断言だったぜ」

「えっ」

「お、嬉しそうだな。言って良かったぜ」

一度会話が途切れたところで店のドアが開き、イルが帰ってくる。

カウンターで笑い合っていた私とベオークさんを見て不思議そうな顔をしたイルに、ベオークさんがまたにやりと笑った。

「ようイル、今お前の秘密をツキナちゃんに暴露していた所だ」

「……何だと？」

「いい秘密だっただろ？　ツキナちゃん」

「そうですね、すごく良い事を聞きました」

「おい」

「どっかの誰かさんが俺に救世主の件を黙っていたからな。復讐だよ、復讐」

何を言った、何を聞いた、と慌てだすイルをベオークさんと二人で笑ってごまかす。

ベオークさんを揺さぶるイルも、されるがままテーブルを叩いて爆笑しているベオークさんも楽しそうだ。

ベオークさんが伝えてくれたイルの言葉を思い出して、照れながらもこっそりと笑った。

どうやら私の平和な隠れ救世主生活は、無事に続くようだ。

数日後、イルが仕事に行った午前中。

新刊をほくほくとした気持ちで本棚に入れていると、来客の合図の音楽が鳴り響いた。

「いらっしゃいませ、あっ」

店内に足を踏み入れてきた見覚えのあるお客様が笑う。

「こんにちは、この間の続きを読みに来たんだ」

本の虫なもので、とブランさんが美しい顔をほころばせる。

相変わらず性別がわからない人だな、なんて思いながら、椅子に腰掛け笑みを浮かべるブランさんにメニューを手渡した。

「やっと来られたよ、ちょっとバタバタしていたからね」

「心配したよ、この間の魔物の騒動は大丈夫だった？」

「……ああ、特に問題無いよ。怪我もしていないし商品も無事」

「そっか、怪我が無いならよかった」

「……君も、無事でよかった」

「どうかした？」

じっと私の顔を見つめるブランさんの表情に違和感があってそう問いかけると、ブランさんは苦笑と共に小さく息を吐き出した。

「どうしたものかと思っただけさ。色々と……本当に君は不思議だよ」

「え？」

「何でもない。もう結界があるから心配ないとは思うけど、私がいる時に魔物が来たら助けるから……この店の事も君の事も気に入っちゃったからね。こんなにペースを崩されるのは予想外だったけど」

「あ、ありがとう……？」

ふふふ、と笑ったブランさんがいつも通り、まるで長い呪文のようにメニューを読み上げるのを慌ててメモしながら、また一つ日常が戻ってきた気がしてこっそりと笑った。

笑っている間にも大量の料理の名前がメモに連なっていくのを見て、作る順番を考える。

外見からは考えられないくらいに大量にご飯を食べるこの人とも、いつか胸を張って友人だと言える日が来るだろうか。

これからも続くこの世界での日々に思いを馳せて、少々お待ち下さい、と言い慣れた言葉を口にした。

あとがき

『異世界に救世主として喚ばれましたが、アラサーには無理なので、ひっそりブックカフェ始めました。』の二巻をお手に取っていただきありがとうございます。

ツキナとイル、二人の物語の続きを書くことが出来て、本当に嬉しいです。

一巻ではツキナは連れて来られた世界に自分からは積極的に関わらない、というスタンスで書かせていただきました。

登場人物も最低限に絞り、とても狭い世界でのお話になっていたかと思います。

ツキナの視点とイルの視点、交互に展開していった一巻とは違い、二巻本編はツキナの視点をメインでお送りしております。

二巻ではイルとの出会いを経て、ツキナに訪れた心境の変化に重点を置いて書かせていただきました。

今までは他人事で自分とは関係のなかった国が、愛する人が出来た事で自分の国として認識され、大切になっていく。

イルという異世界で出来た大切な人をきっかけに広がる人間関係、そしてイルとは関係の無いところでツキナだけに出来る人との繋がりなど、オセルに馴染んできたことで色々な事を考えるようになっていくツキナの変化をじっくりと書かせていただきました。

〝異世界〟から〝自身の生きる世界〟へ変化し、夢物語でない現実的な部分がより多く出て来ることになったツキナの生活は、相変わらず異世界らしくない異世界話かもしれません。

救世主としての在り方の葛藤と同時に、イルとの揺るがない愛情や信頼関係、新しく出来た友人や師、新たにツキナが見つけた目標、そして同じ救世主として召喚されたヨウタとの関係を楽しんで頂ければ幸いです。

一巻発売後も、たくさんの方に支えられ、小説を書き続けることが出来ました。

続編を望んで下さった方、本当にありがとうございます。

読者様ならびに支えて下さった関係者の方々に深く感謝申し上げます。

和泉杏花

「異世界に救世主として喚ばれましたが、アラサーには無理なので、
ひっそりブックカフェ始めました。2」の感想をお寄せください。
おたよりのあて先
〒102-8177　東京都千代田区富士見2-13-3
株式会社KADOKAWA　角川ビーンズ文庫編集部気付
「和泉杏花」先生・「桜田霊子」先生
また、編集部へのご意見ご希望は、同じ住所で「ビーンズ文庫編集部」
までお寄せください。

異世界に救世主として喚ばれましたが、
アラサーには無理なので、ひっそりブックカフェ始めました。2
和泉杏花

角川ビーンズ文庫　22663

令和3年5月1日　初版発行
令和4年1月20日　3版発行

発行者————青柳昌行
発　行————株式会社KADOKAWA
〒102-8177　東京都千代田区富士見2-13-3
電話 0570-002-301（ナビダイヤル）
印刷所————株式会社暁印刷
製本所————本間製本株式会社
装幀者————micro fish

ISBN978-4-04-109176-0 C0193 定価はカバーに表示してあります。
◇◇◇

転生した聖女×召喚された勇者、
世界を救う鍵は2人の恋――!?

魔法が絶対の王国で魔力のない姫に転生したレイア。ところが、伝説の聖女と同じ浄化の力があるとわかり、憧れの勇者・カズヤと世界を救うことに！　異世界からきた者同士、感動の初対面になると思いきや、カズヤは何故か冷たくて……？

異世界から聖女が来るようなので、邪魔者は消えようと思います
はすみ りょう
蓮水 涼
イラスト まち
WEB発&大幅加筆★
勘違い王女に、乙女ゲームの溺愛モードが発動中!?
シリーズ好評発売中